BARRETT

AL

AN

MOORE

«Si en el futuro cogiésemos a todos los líderes, los pusiéramos contra un muro y los fusiláramos (y esa me parece una idea maravillosa, por lo que déjame disfrutarla durante un momento antes de que la deje atrás), si lo hiciésemos, la Sociedad probablemente empezaría a colapsar, porque la mayoría de la gente ha sido condicionada durante miles de años para depender de un liderazgo ajeno a su propio ser. Como ha sido convertida en una muleta para un montón de personas, si te deshicieras de los líderes, entonces toda esta gente se derrumbaría y se llevaría a la Sociedad con ella».

VOL. I No. 63
OTOÑO 2023

ALAN MOORE

CUADERNOS DE HUMO SAGRADO

(O TRES ENSAYOS BESTIALES):

EDITORIAL BARRETT Sociedad Cooperativa Andaluza
— Oficinas ubicadas en la Sevilla más profunda —

comunicacion@editorialbarrett.org

TÍTULO **Contenido** PÁGINAS

Primera edición: septiembre de 2023

Impresión: Estugraf | Tirada: 1500 ejemplares
ISBN: 978-84-18690-36-5
Depósito legal: SE 1546-2023

FÉLIX
FROG,
Traductor.

PRÓLOGO

Cuando Alan Moore se estaba destetando aún con cómics plagados de gamberrismo sanote como los de *Jack and Jill*, para poco más tarde echarse sus primeros cigarros con las chabacanas y divertidísimas trastadas de *Buster*, los autores *underground* del otro lado del charco empezaron a construir el influyente andamiaje que lo iría empujando en la dirección contestataria con la que ha ido espolvoreando sus obras durante toda su carrera. La potencia e irreverencia del movimiento «oculto» propugnado por Robert Crumb, «Spain» Rodríguez y S. Clay Wilson, junto a sus números favoritos de *Mad*, se agregaron a esa actitud inglesa que con sano hooliganismo arremete contra aquello que no le gusta. Súmale la situación en la que se encontraba Inglaterra (herida de muerte por culpa de las elevadas tasas de paro, y las sucesivas privatizaciones de recursos públicos llevadas a cabo por las políticas liberales de Margaret Thatcher), más un ligero sabor a mala hostia mezcla del punk que ambientaba las publicaciones contemporáneas de la época, principalmente las de la Fleetway, y el jipismo virulento de la década anterior, y tendrás entre manos el secreto de la salsa actitudinal de gran parte de los guiones del creador de *V de Vendetta*.

Moore construye de forma habitual en sus guiones una actitud airada, pero graciosa, frente a los desastres que padecemos los que estamos a verlas venir. Lo que le convierte en una mosca cojonera de primera, porque se atreve a decir lo que la mayoría calla, y que, lo he comprobado, tanto repatea a los lectores desprevenidos que aparentan una incorrección política que más parece un sucedáneo de las mismas políticas de control de siempre.

Sí, Moore nunca ha descuidado el aspecto social en sus obras de mayor impacto, tanto en *Watchmen* (donde se puede observar el punto de vista de la calle a través del quiosquero y del lector afroamericano del cómic de *Piratas*), como en *V de Vendetta* (una de las principales protagonistas es una mujer que se convierte en prostituta para poder seguir sobreviviendo), o incluso en obras de menor calado político como *Top Ten*, donde el guion también se detiene en ciertas estampas de rutina familiar que podrían suceder en cualquier suburbio de la clase media. En concreto, me resultó bastante emotiva la despedida que la familia le brindaba a una de las policías estrella de esta serie coral antes de dirigirse a su trabajo, eso sí, cargada con un exoesqueleto nuclear capaz de destruir toda una ciudad. Disfrázalo de ciencia ficción, terror, superhéroes o costumbrismo, pero haber nacido formando parte de la clase obrera y ser consciente de ello, ha incidido profundamente en los cómics de Alan Moore, pero también en los ensayos que estáis a punto de leer.

Si te arriesgas a mezclar, que por lo menos sea nutritivo, y estos experimentos en forma de ensayo lo son tanto como cualquiera del resto de sus obras. Parece que cuando Moore afronta cualquier trabajo, sea una interpretación de teatro *performance*, sus cortometrajes cinematográficos o un cuento infantil, no coge y cumple sencillamente el expediente y a correr, sino que se vacía del todo. En *Buster Brown en las barricadas*, el escrito sobre los orígenes del cómic desde un punto de vista más guerrillero de lo habitual, el autor va desgranando los presupuestos en los que se basó el cómic norteamericano, básicamente apuntalado por las manos y los quehaceres de una clase mafiosa, para pasar a continuación a contar cómo se enquistaron estas actitudes y por qué este arte se ha desarrollado tan restringidamente como lo ha hecho. Finalmente, lejos de dar zurriagazos a diestro y siniestro para largarse rápidamente con la satisfacción del deber cumplido, como el que suelta un exabrupto en las redes y se queda tan ancho, augura soluciones, barrunta cómo se podría modificar lo que ya viene infectado, y divisa algún alivio para su querido y lesionado medio.

Esa atitud de condena y remedio se puede ver así mismo en *La Venus del cenagal contra los anillos de pene nazis* desde el mismo título. En él se contrapone a una de las representaciones de la diosa que da vida, la Venus de Willendorf austríaca, contra los anillos con pinchitos interiores de curso legal que quizás el padre de Hitler le instalara a su hijo cuando era muy pequeño para prevenir poluciones nocturnas. Es una de las gracietas que se derraman por uno de los escritos más encantadores de Alan Moore: en lugar de hablar sobre erotismo, pornografía y sexo de una forma chabacana y limitada a las cuatro diatribas machistas de siempre, asistimos a una celebración de la historia de la pornografía donde nos enteramos de hechos y anécdotas más importantes de lo que podría parecer en un género tan denostado, y que conforman el alma, si es que eso existe, de ese cúmulo de barro con ínfulas llamado ser humano. Se refuerza así la importancia del sexo como una verdadera celebración de la existencia, no como algo pecaminoso que hay que ocultar bajo la alfombra una vez que se ha hecho uso del mismo.

En la tercera pata del banco de este libro titulada *El Cadillac de Frankenstein*, nuestro querido escritor revisa la ciencia ficción con ánimo inquisidor, rebusca cuáles son las taras del género, bastantes para uno que en un principio debería ser más libre, y nombra sus favoritos, muchos, sin cortarse un pelo. Como en el resto de ejemplos, el capital manda, y no todos los autores han alcanzado a desarrollar todo su potencial, muchas veces por culpa de ese terrible castigo que se infligen llamado autocensura.

Los tres ensayos nos soplan que Alan Moore dispone de un método habitual para analizar todas estas realidades y disciplinas de forma medida, y nos confirma que la innovación a la que alude en sus escritos y charlas sobre escritura hay que saber utilizarla sabiamente. Que a veces lo conocido, si funciona, es mejor no menearlo. Por mucho que sus detractores redunden en la aridez de muchas de sus creaciones, si hay algo que este autor ha conquistado a lo largo de su vida son unos estilos narrativos propios que responden a las demandas de cada obra, y que convierten sus textos en experiencias cercanas a la música, con sus ritmos y texturas adecuadas a cada momento. Nada de paja, como ocurre con mucho del entretenimiento del siglo XXI. Mejor una reivindicación de la Cultura y el Arte, sea elevado o provenga del subsuelo, de la calle, de la mismísima «clase criminal», como piezas inseparables de un concepto mayor que la suma de sus partes. Esa personalidad, que cruza información de múltiples orígenes y, la superpone para transformarla en material exclusivo, facilita que, aún en desacuerdo con ideas histriónicas como las de su teoría de la magia como motor creativo, nos hagan orientar la antena hacia cualquiera de los designios del insurrecto de Northampton.

BE DRAWN BY
REAL GONE
ADVERTISEMENT
POST NO BILLS
MAD IS CRAZY, MAN!
POST NO BILLS
CHEW SUPERS
MAD
SUPER CRUNCHIES
NEW SUPER SOAP
APPROVED BY GOOD HOUSEBREAKING

«Sin algunas revistas, el *underground* habría consistido en un grupo de personas que vestían ropas similares, escuchaban la misma música y tomaban drogas parecidas, pero sin un discurso político o cultural coherente»

— Fomentando las tiras de prensa y el cómic como contracultura — *Alan Moore* · *Año 2013* ·

1

Considerado anteriormente como una amenaza para las mentes jóvenes y la moral pública más insidiosa que la sífilis, el medio del cómic ha alcanzado en la actualidad un nivel de respetabilidad que parece ansioso por mantener. Habiéndose convertido por fin —o al menos en apariencia— en un componente críticamente aceptado y ocasionalmente lucrativo de la industria del entretenimiento, el cómic está ansioso por fomentar su nueva imagen plena de responsabilidad social (y viabilidad económica) a base de un bombardeo de citas admirativas y comunicados de prensa excesivamente elogiosos. Al parecer, también se ha aplicado retroactivamente este cambio de estatus para presentar una mejor imagen del cómic como un medio que siempre se ha preocupado por lo social; que siempre ha sido una expresión alegre y populista más del *statu quo*. En esta impropia lucha por la respetabilidad y en pos de un pedigrí histórico y noble, está de moda, por ejemplo, señalar que los cómics tienen su origen en los jeroglíficos secuenciales en forma de tiras que se han descubierto en los reinados de los faraones del antiguo Egipto. ¿Qué mejor indicativo del valor cultural del medio que su capacidad para informar fielmente de actos legendarios y la singular magnificencia de las clases altas?

Pero si sencillamente le damos vuelta a los bloques de piedra en los que fueron talladas estas elaboradas crónicas sobre los reyes o las deidades de Egipto, nos asaltará una lectura muy diferente, y quizás más vital, de la historia del cómic. En el reverso de las numerosas piedras que se colocaron en la construcción de las pirámides, inscritas en paredes que nunca debieron ver la luz del día, los arqueólogos han encontrado lo que bien podrían ser las primeras historietas satíricas antiautoritarias y blasfemas. Son representaciones de los mismos dioses con cabeza de animal que se pueden encontrar en las representaciones más convencionales, realizadas presumiblemente por canteros aburridos y truculentos, solo que aparecen sentados jugando a las cartas como si pertenecieran a una divina escuela de póquer egipcia, un obvio antecedente de la moda más reciente de retratar perros llevando a cabo actividades similares. Se podría argumentar que este es el verdadero precursor histórico de los *cartoons* y la historieta, la representación de una grandiosa y arraigada tradición que hace gala de un sano escepticismo con respecto a sus gobernantes, dioses o instituciones; una auténtica forma de arte del pueblo, libre de las nociones imperantes de aceptabilidad, y capaz de dar voz a la disidencia popular, o incluso de convertirse, en las manos adecuadas, en un instrumento sumamente poderoso que busca el cambio social. Incluso podríamos asegurar que, en lugar de que esos sentimientos difamatorios y antisociales parezcan una aberración menor en la tranquila historia comercial de los cómics, estas muestras de descontento bien pudieran ser el objetivo principal del medio.

En la propia derivación de la palabra *cartoon* se pueden ver los orígenes insurreccionales de esta forma de arte: durante los tumultos y trastornos de una volátil Italia en el siglo XVII, se volvió conveniente y popular garabatear representaciones satíricas de los oponentes políticos a ambos lados de las cajas de cartón, también conocidas como «cartoni». Pronto estos dibujos recibieron el mismo nombre que las cajas en las que habían sido estampados. Como método para comunicar ideas revolucionarias en unos pocos y burdos trazos críticos, a menudo dirigidos a un público cuyas habilidades de lectura eran limitadas, la potencia y eficacia del nuevo medio se hicieron evidentes de inmediato. También pudo ser el punto de partida para esa actitud en retroceso, aunque aún de actualidad, que aduce que los cómics y los *cartoons* se consideran como algo oportuno para los analfabetos de clase baja. Sin embargo, tras comprender la inmensa utilidad política del medio, solo con muchas dificultades podríamos encontrar un evento político a cualquier escala que no haya sido conmemorado (y, a menudo, conmemorado memorablemente) por medio de los *cartoons*.

En el siglo XVIII, cuando era más fácil acceder a los medios de impresión, se empezó a pasar de los anuncios con la mordaz imagen de los *cartoons* de sus humildes comienzos en cajas de cartón, a la producción masiva de papel de pulpa barata en forma de folletos y librillos ilustrados. En consecuencia, ese mismo período sería testigo del surgimiento de los primeros maestros del medio, autores que supieron ver las emocionantes posibilidades de este nuevo y rebelde modo de expresión cultural. Se puede constatar en las hirientes caricaturas, por lo general escatológicas y lacerantes, que Gillray dedicaba al rey Jorge IV, propenso a la demencia, en las crudas representaciones de Hogarth de los desposeídos y vergonzantes habitantes de las clases bajas de la sociedad, e incluso en los sublimes e iluminados textos de William Blake, en sus radicales y visionarias opiniones... Blake también estuvo plantado entre los que portaron las antorchas en los disturbios de Gordon, con una gorra roja que denotaba solidaridad con los revolucionarios franceses al otro lado del canal, viendo arder la prisión de Newgate... Actitudes necesariamente ocultas bajo un código encriptado con feroces esencias espirituales. Blake inventó semidioses de nombres grandiosos y juegos de palabras que se podría decir que tienen bastante en común con la producción posterior del genio que presidió la industria de los superhéroes, el genuinamente magnífico Jack Kirby.

Blake, quien ha sido reclamado como pariente ancestral por el antiguo compañero de Kirby y creador de *Namor*, W. B. Everett, revistió su obra de escenas espeluznantes gracias a la influencia de los libros de bolsillo y, por lo tanto, pareció encontrar completamente natural la idea de combinar palabras e imágenes. A pesar de la falta de narrativa secuencial, en su obra se puede quizás observar una etapa intermedia entre los manuscritos iluminados de los monjes medievales y la producción pirotécnica y considerablemente menos altiva del cómic actual. Pero será mejor que nadie se piense que, por el hecho de incluir a figuras elevadas como William Blake entre nuestra lista de predecesores de los *cartoons*, estemos buscando un trasfondo santificado y desinfectado para la historia del medio. Cabe señalar que, en los comienzos de la Revolución francesa (que Blake había admirado tan ardientemente al principio), los antimonárquicos hicieron circular escabrosos y escandalosos panfletos con dibujos pornográficos que mostraban a María Antonieta en una relación incestuosa con su propio hijo. Los disidentes de la época se habían dado cuenta ostensiblemente de que, si bien la caricatura era por sí sola capaz de influir en las masas sin educación, al mezclarla con el siempre popular atractivo del material sexual ilícito parecía invencible a todos los efectos. Entender esto aseguraría que, a medida que se desarrollara la historia del cómic o las tiras subversivas, siempre tuvieran presente una intencionalidad política al desafiar la censura o a la hipocresía de la que se hacía gala al tratar con la sexualidad en la sociedad.

En la agitada coyuntura de los siglos XVIII y XIX, el mundo occidental se encontraba absolutamente confuso. Las certezas religiosas anteriormente inquebrantables se estaban empezando a cuestionar, y según la Revolución Industrial cobraba impulso implacablemente, la revolución científica de la época había transformado el paisaje rural compuesto por terrenos diversos que en su mayor parte parecían rememorar una gran colcha rústica, trastocándolos en una extensión de hollín, forjas en llamas y chimeneas que cubrían el cielo, a imagen y semejanza de los oscuros molinos satánicos de Blake. Cabe mencionar que, posiblemente en ese mismo período, el *Frankenstein* de Mary Shelley daba paso al advenimiento del género de la ciencia ficción. Contemplado inicialmente bajo la misma luz degradante que los propios *cartoons*, esta incipiente literatura de la imaginación comenzó su andadura como un vehículo para expresar los temores postindustriales y eventualmente encontraría un hogar natural para sus ideas en las revistas *pulp* y los cómics de un siglo después. Con el auge de las grandes industrias, incluida la editorial, las dinámicas radicales del medio de la historieta se modificaron y empezarían a incrementarse a medida que los cantos de sirena de un trabajo remunerado y su publicación profesional facilitaron que un gran número de creadores adaptara sus obras hasta convertirlas en algo socialmente aceptable, requisito de los nuevos empleadores. Eso no quiere decir que las sinceras opiniones políticas individuales ya no se expresaran en forma de historieta, sino que sencillamente era más probable que se enmarcasen dentro de las restricciones editoriales de la publicación periódica que pagara por publicarlas. Incluso después de la llegada de empeños satíricos como *Punch* o *Judge* a finales del siglo XIX, y aunque a menudo surgieron críticas sociales fulminantes e irreverentes, fueron generalmente urdidas de una manera seudocaballerosa que tenía mucho cuidado de no cruzar los límites del buen gusto o la decencia exigidos por la sociedad ilustrada. Se renunció a la bilis hirviente y a la afrenta sin limites de Gillray, y con ella al ojo clínico de Hogarth para retratar de forma reveladora la miseria social, por no mencionar las incendiarias visiones antimaterialistas del belicoso y empobrecido William Blake. Probablemente fuese el primer intento (aunque de ninguna manera el último) de rehabilitar nuestro medio generado en las alcantarillas y convertirlo en algo adecuado para el consumo de la clase media, castrando de forma efectiva este medio artístico todavía infantil y eliminando todos los inconvenientes sociopolíticos o sociales y humanos, borrando además los impulsos sexuales que originalmente le otorgaron a las historietas su relevancia y potencia, y que en gran parte explicaban la ilimitada popularidad del medio.

A pesar de la clara influencia domesticadora del mercado remunerador que se puede encontrar en publicaciones tan inofensivas y aptas para toda la familia, aún había creadores más preocupados por expresar declaraciones personales y sin restricciones que intentando buscar una conformidad cómoda y neutralizadora. En las avenidas iluminadas por el gas del *fin-du-siécle* del Londres de 1890, el notable y trágicamente efímero joven artista Aubrey Vincent Beardsley reducía las formas y los rostros a trazos elegantes y esenciales, utilizando la más mínima muesca de sombreado para sugerir una nariz o un trazo de lápiz ligeramente ondulado del que se podían inferir los labios. Al hacerlo, el esteta tuberculoso estaba estableciendo inconscientemente gran parte de la estilización y el vocabulario visual que los artistas del cómic que estaban por llegar utilizarían tan generosamente, mientras que al mismo tiempo resucitaba el fantasma repleto de mala reputación de las historietas del pasado en sus estruendosas planchas para la comedia *Lisístrata* de Aristófanes, con sus huelguistas sexualizadas imprecisamente lesbianas y sus enanos descontentos debilitados por el peso de sus propias erecciones gigantescas. Muerto de tisis a los veintiséis años, habiendo apenas dejado atrás la adolescencia, el impulso por epatar de Beardsley y su deseo de llevar su trabajo más allá de los límites de la aceptabilidad posiblemente no tenían una base conceptual más refinada que la de un adolescente que embellece la puerta de un garaje con un falo increíblemente enorme, aunque fuese ejecutado con mayor delicadeza y dedicación. Esta cualidad de descaro adolescente también podría explicar la aparente intrepidez moral y artística de Beardsley, como si hubiese sufrido una ilusión de invulnerabilidad que suele ser propia de los jóvenes y relativamente inexpertos, seguramente el motivo por el que las agencias militares de todo el mundo buscan a sus reclutas solo en ese rango de edad.

En el caso de Aubrey Beardsley, la inocentona suposición de que seguro que era impermeable a las represalias y los reproches de los indignados convencionalismos resultó no ser cierta. El juicio de Oscar Wilde arrojaría una sombra de culpa por asociación sobre todo el movimiento artístico decadentista, con el reproche público especialmente reservado para los colaboradores de Wilde, cercanos como el desafortunado Beardsley, que había ilustrado la sensualidad y opulencia de la *Salomé* del autor y dramaturgo caído en desgracia. Obviamente, no estaba preparado para una respuesta tan punitiva... La principal fuente de ingresos del artista, el progresivamente elegante *Yellow Book*, fue clausurado después de un errado informe en la prensa acerca de que Wilde había llevado la en ocasiones controvertida revista debajo del brazo mientras se dirigía a la corte... La ya frágil salud de Beardsley no mejoró a cuenta de la terrible experiencia emocional y psicológica, y en 1898 finalmente falleció en medio de un ataque de autorrecriminación espiritual (se podría pensar que innecesario), durante el cual le suplicó compungidamente a su hermana Mabel que «quemara *Lisístrata* y el resto de obras obscenas». Su enérgico y posiblemente ingenuo asalto a la sensibilidad de la Inglaterra victoriana tuvo un final lamentable y lleno de arrepentimiento, pero en términos de influencia en la historieta moderna, que surgiría casi inmediatamente tras su desaparición, se podría decir que Beardsley logró la victoria, o al menos su obra contribuyó considerablemente a la continua buena salud de la historieta en su rebelde búsqueda de emancipación.

2

En los últimos años del siglo XIX, el *comic book* y la tira de cómic como los conocemos hoy surgieron en Inglaterra y Estados Unidos respectivamente con la publicación de *Ally Sloper's Half-Holiday* en la Inglaterra de 1880, y la adquisición por parte del imperio de publicaciones de Hearst del *Hogan's Alley* de Richard F. Outcault, (que se editó en los Estados Unidos en el *New York Globe* de Hearst hasta 1898), protagonizada por un prototipo de Alfred E. Neuman conocido como *Mickey Dugan, Yellow Kid* (El chico de amarillo). Aunque se podría pensar que hitos como el primer periódico con imágenes publicado de forma regular, o la fundación de la notable tradición de las tiras de periódicos en Estados Unidos fueron vistos como indicadores de la respetabilidad actualizada del medio, de ninguna forma se tuvo en su momento la percepción que de ello tenemos ahora. Las payasadas de borrachera dickensiana de *Ally Sloper's Half-Holiday* solo sirvieron para confirmar que tal contenido era vulgar, y de hecho la forma de la propia historieta solo era adecuada para las clases inferiores presuntamente subnormales que aparecían representadas en las páginas de la publicación.

En Estados Unidos, la mascota calva de Hearst, residente en los barrios bajos, invitaría a recriminaciones aún más serias: con su camisa de dormir destacando impresa en el color que la mayoría de la gente asocia psicológicamente con la luz del sol, el bienestar y la felicidad, el chico de amarillo se veía como una barata e indecorosa (y, lo que es más grave, tremendamente exitosa) estratagema de Hearst para captar lectores indiscriminadamente con trucos sensacionalistas mientras la verdadera calidad del contenido de sus periódicos se desplomaba resueltamente por la cuneta. A medida que este nuevo y preocupante fenómeno se empezaba a generalizar, la prenda infantil y su vívido tono fueron sin duda el origen del término acuñado para describir dichas prácticas: «periodismo amarillo». Curiosamente, en *Ally Sloper* y en los habitantes de *Hogan's Alley* podemos ver representaciones satíricas de la clase baja, que presumiblemente era percibida como la audiencia más probable para este material tanto por los editores ricos y pragmáticos del emergente medio de las historietas como por la clase media que, al menos en público, deplorarían inicialmente la existencia del medio del cómic. En un feroz debate entre ellos, ambas facciones acordaron aparentemente que el medio era una forma de arte propia del gueto, solo adecuada para retratar la vida de tal sitio, simple entretenimiento para la gentuza pobremente educada que habitaba aquellos andurriales.

Quizás valga la pena examinar esta dinámica de clases que ha jugado un papel tan importante en el desarrollo de los cómics como medio y como industria. El cambio del siglo XIX al XX presentó un panorama desconocido y lleno de ansiedad para las clases medias de la época, que en su mayoría se sintieron atacadas por todos los cambios sociales que estaban empezando a ocurrir a su alrededor y en todas partes, sintiendo amenazadas su posición y su estatus por lo que les debió parecer una erosión continua de los límites y certezas sociales que anteriormente habían definido su mundo. El hombre blanco de clase media, miembro del grupo demográfico que ejerce más control sobre la sociedad y, por lo tanto, uno de los que más tienen que perder, se sintió especialmente bajo asedio.

Tanto en Estados Unidos como en Inglaterra, las mujeres se unieron para exigir el derecho al voto y desafiaron la supuesta e inviolable superioridad masculina. Ambos países estaban experimentando una afluencia de inmigración sin precedentes, con el posterior establecimiento de comunidades de inmigrantes que provocaban el temor familiar centrado en que su cultura predominante se hundiera o se perdiera bajo las costumbres, el idioma y el comportamiento de las poblaciones extranjeras que algún día podrían superar con creces su condición de minoría. Las clases trabajadoras de ambos lados del Atlántico se estaban volviendo más vociferantes al demandar un trato decente por parte de sus empleadores, sobrevolando también el espectro de una fuerza de trabajo en huelga que parecía mucho más amenazadora después de la exitosa Revolución rusa de los bolcheviques en los últimos meses de 1917. Además, con las saunas gais funcionando en Nueva York durante algún tiempo antes de 1900, y otros sitios comparables de mala reputación abiertos hacía muchos años en las calles de Londres, las diferentes sexualidades se hicieron más visibles y engrosaron la percepción general de que la civilización se encontraba en un estado de colapso inminente. De hecho, dada la persistente creencia entre las clases medias de que su estatus superior era el resultado de ser capaz de controlar o reprimir (a diferencia de la clase trabajadora) sus instintos animales y sexuales más básicos, la actividad sexual de cualquier tipo se consideraba tan peligrosa para el orden social como el bolchevismo. Asediados de este modo, muchos profesionales médicos consideraron oportuno aventurar su opinión en cuanto a las degeneraciones mentales o neurológicas que sentían que afligían a mujeres, otras razas, homosexuales, o los pobres degenerados biológica o intelectualmente. Dichas proclamas fueron recibidas como argumentos de peso por el simple hecho de que habían sido propuestas por médicos, mientras que el hecho igualmente evidente de que los médicos durante ese período eran exclusivamente blancos, hombres, casi uniformemente heterosexuales y completamente de clase media fue cuidadosamente ignorado. Parece que, si se intenta castigar o demonizar algún elemento social ante el que uno siente animadversión, es bueno enmascarar los ataques bajo una opinión médica, tácticas que llegarían a tener una angustiosa relevancia para la industria del cómic estadounidense cincuenta años después de que el *Yellow Kid* de Hearst y las historietas provocasen el pánico moral.

En aquel entonces, en la niñez del medio, era evidente que la historieta ya estaba siendo estigmatizada al estar asociada con los estratos más bajos de la cultura norteamericana o inglesa. Las publicaciones con dibujos se consideraban propias de analfabetos, mientras que solo los periódicos más populares y menos moralistas estaban preparados para hacer incursión en el ámbito de las tiras que apuntalaran el editorial del periódico, y en los años venideros, ambas formas se verían reducidas de forma titubeante a intentar negociar por diferentes caminos una aceptación preferiblemente superior. Al ser percibido en ambos países como basura digna tan solo de la descendencia del proletariado con deterioro cognitivo, el cómic se enfrentaría a un tránsito más accidentado al respecto que la tira de los periódicos. Hasta el advenimiento de una *Eagle* bellamente producida y relativamente austera en 1950, en Inglaterra no existiría una revista infantil con las miras conscientemente puestas en los jóvenes de clase media. Las tiras de periódico, por el contrario, fueron pensadas desde el principio para un público mayoritariamente adulto, lo que permitió a sus creadores un mayor margen de maniobra para intentar idear narrativas más sofisticadas que con el tiempo serían amadas por poetas, presidentes e intelectuales menos intransigentes.

Aun así, quizás el hecho de que muchas de las primeras tiras de los periódicos estadounidenses pareciesen utilizar cuestiones de clase como base para gran parte de sus relatos de humor o drama, retrate perfectamente la fluidez de los cómics como foro para el diálogo político y social. La fantasía alrededor de los deseos cumplidos de la pequeña huérfana *Annie* de Harold Gray aparecida durante la Depresión, con su protagonista de clase baja siendo adoptada por un hombre de negocios adinerado e inusualmente altruista, proporciona una imagen perfecta. Lo mismo ocurre con los primeros episodios de los *Dagwood* y *Blondie* de Chic Young, donde comprobamos que, en la década de los veinte, Dagwood Bumstead era un vástago de las ricas clases altas al que desaprobaba su familia cuando les comunicaba sus planes para casarse con una encantadora pero inculta *flapper*[*] de clase inferior. *Bringing up Father*, de George McManus, describe la trayectoria, puede que únicamente estadounidense, de un inmigrante irlandés rudo y despierto que triunfa en su nuevo entorno hasta el punto de que eventualmente llega a vivir en una espaciosa mansión de refinado estilo *art déco*. Agrégale el sutil diálogo e inflexiones *yiddish* que llenan el exquisito *Krazy Kat* de George Herriman, o los quizás afables maleantes, vagabundos y apostadores compulsivos que plagan las hazañas de *Mutt* y *Jeff*, *Moon Mullins*, *Happy Hooligan* y una docena de personajes más, y empezaremos a comprender la complejidad del discurso de clase en estas primeras tiras. A pesar de que en las últimas etapas de su larga carrera Al Capp se volvió famoso por sus opiniones prosistema y antirradicales, en las tiras de sus principios, principalmente en *Li'l Abner*, es ejemplar la resiliencia, buen humor y encanto de los pobres del campo en comparación con los superiores y burlones bastiones de la alta sociedad que habitan las grandes ciudades contemporáneas. Al igual que ocurre con muchas de las primeras películas mudas, las primeras tiras de cómic modernas abordaron la dificultad para solventar los problemas derivados de la inestabilidad económica y el estatus social que reflejaban exactamente las ansiedades e intereses de su público. La cultura popular, liberada de las

[*] Mujer de los veinte liberada de las convenciones sociales. *N. del traductor*

restricciones para llevar a cabo un debate político respetable, se iba a convertir rápidamente en uno de los únicos espacios culturales en los que se podían discutir los temas y preocupaciones más pertinentes de la vida cotidiana. Merece la pena observar que incluso la iconografía clásica de los dibujos animados parecía, al menos hasta los años sesenta o setenta, basarse totalmente en la imaginería de la pobreza de los años veinte: no hay rodapié sin agujero de ratón, no hay sillón de época sin parche en su tapizado, ni suela de zapato sin orificio.

La perspectiva sorprendentemente experimental de libertad de estas primeras historietas, ejemplificada por la impresionante gimnasia visual de *Gasoline Alley* de Frank King o la extraordinaria *Little Nemo* del visionario exarquitecto Winsor McCay, fue alentada (casi con toda certeza) por la auténtica frescura sin precedentes del nuevo medio. Existe la sensación de que durante las primeras décadas del siglo XX la gente apenas entendía qué eran los cómics, incluidas muchas de las personas que los escribían y dibujaban, así que posteriormente aún no se había definido un rígido conjunto de reglas con respecto a lo que un cómic podía o no podía ser. Se ha sugerido que en 1930 Estados Unidos se había cohesionado primeramente como sociedad en torno a su floreciente cultura popular y, si hablamos en términos de clase, fue entonces cuando, por su amor por esta cultura popular y por las mismas formas de entretenimiento, de entre los diferentes estratos sociales dio comienzo por primera vez a «surgir una clase media». Ciertamente, el rápido crecimiento demográfico de las clases medias se reflejó en el cambio gradual de la tira de cómic, sacándola de sus orígenes de conciencia de clase y rehabilitando este medio de mala reputación para transformarlo en un reconfortante espejo para una nueva audiencia suburbana poco estandarizada y en rápida expansión. *Dagwood* y *Blondie*, en su día un *playboy* adinerado y su *floozy* inapropiadamente humilde, fueron presumiblemente rebajados por los aristocráticos *Bumsteads* y reducidos a una existencia de clase media propiamente dicha, lejos de Easy Street y también de Skid Row*, donde un número cada vez mayor de sus lectores se encontraban ahora más o menos cómodamente instalados.

Si bien la tira de cómic de los periódicos, santificada socialmente y producida en masa, fue claramente la expresión más visible del medio de las historietas durante ese período, de ningún modo representaba todo lo que se estaba haciendo en las tiras de cómic. Coexistiendo con tiras de periódicos en algún momento de la década de 1910 hasta al menos principios de la de 1960, a menudo compartiendo muchos de los mismos personajes de los familiares dibujos animados, tenemos el escandaloso y enérgico fenómeno estadounidense de las ahora casi curiosamente pornográficas *Biblias de Tijuana*. Se trataba de panfletos de ocho páginas mal impresos donde participábamos de las escapadas sexualmente explícitas de

* Barrio pobre del centro de Los Ángeles conocido por su enorme población de personas sin hogar. *(N. de la editorial)*

varias figuras públicas, estrellas de cine y protagonistas de la historieta, impresos y distribuidos furtivamente por bares y patios de colegio de Estados Unidos (presumiblemente, el nombre con el que se denominaron estos «libros guarros» refleja la actual noción norteamericana de que las cosas de flagrante naturaleza sexual deben estar originadas fuera de las fronteras de la nación, o por lo menos en el interior de sus comunidades de inmigrantes). Aunque crudamente dibujadas y guionizadas, aparentemente sin cualidades sociales redentoras, las *Biblias de Tijuana* brindan una idea de los impulsos e ideas sin censura que burbujeaban debajo de la superficie inmaculada y familiar de la cultura. En la alegre apropiación indebida de estrellas de historietas no sexuales como *Jiggs* y *Maggie*, o iconos de la pantalla como Mae West, se puede ver un conocimiento contra todo pronóstico que apela a la sexualidad que las figuras de este tipo hacían de manera encubierta a su público, como ocurre con las imponentes proporciones de *Maggie*, que contradecían sus rasgos hogareños. De esta manera, las *Biblias de Tijuana* son una forma de meter el dedo en el ojo de la hipocresía socio-sexual que sostenía que la provocación sexual era aceptable siempre y cuando la actividad humana en la que se basaba nunca se mencionara o se hiciese explícita de otra manera. (Aunque sin duda, Mae West también se vio obligada a ejercer al menos un cierto grado de moderación al proyectar sus encantos, seguro que habría aprobado los ataques desenfrenados de estos cuadernillos de ocho páginas contra las convenciones y la respetabilidad. El intento de llevar su obra *The Drag*, apasionadamente progay y actuada por actores gais, a Broadway, había facilitado una legislación estatal que prohibía las apariciones de homosexuales o la discusión de temas *queer* sobre el escenario, esto después de que West hubiese sufrido diez días de cárcel por las representaciones desafiantes y continuas de su obra de teatro anterior, *Sex*, durante seis semanas, cuando un fiscal de Nueva Jersey ordenó que la clausuraran).

Además de refutar la censura en general y los estándares sociales de aceptabilidad, algunas de las *Biblias de Tijuana* fueron quizás un poco más políticas en sus intenciones, a pesar de que tales sensibilidades solo se expresaron como si fuesen una excitante broma sucia. Las apariciones de figuras del mundo de la política, incluida una de Winston Churchill en una historia memorable que habla sobre el incesto de un padre y una hija e, inevitablemente, un bebé de dos cabezas, no pueden dejar de recordarnos los relatos pornográficos similares que tenían como protagonista a María Antonieta inmediatamente antes de la Revolución francesa. Además, un subgénero interesante de estas grapillas de ocho páginas se dedicó a las aventuras sexuales de notorios criminales como Pretty-Boy Floyd o John Dillinger, indicando aparentemente el atractivo sexual que ejercían tales individuos (la mitología en torno al pene de John Dillinger asegura que fue póstumamente extirpado y predeciblemente conservado para la posteridad en una habitación cerrada con llave en el Instituto Smithsonian), y también la furtiva admiración por las cualidades heroicas percibidas en estos desesperados profundamente antisociales, similar a la adoración y fascinación alentadas en Inglaterra por forajidos y terroristas de nuestro hogar como Robin Hood, Guy Fawkes o Hereward el Proscrito. De alguna manera, elogiando y erotizando a imperdonables criminales, las *Biblias de Tijuana* prefigurarían la escandalosa explosión de cómics *underground* de finales de la década de los sesenta y principios de los setenta.

No fue solo en los arroyos de principios del siglo xx donde florecieron los planteamientos controvertidos y desafiantes de la historieta, sino también en los pastos más elevados de lo que podría ser conocido (pero que sin duda no lo fue) como Bellas Artes, como evidencia el notable y asombrosamente influyente trabajo del pionero de la historia gráfica Lynd Ward. La narrativa sin palabras de Ward, compuesta por ilustraciones grabadas en madera a la vez crudas y sutiles, ordenadas en secuencias fluidas, son asombrosas en varios sentidos. Más notablemente, el magistral enfoque de Ward de la narrativa visual y su aparente afición por el experimento formal demostraría ser el factor de influencia más grande en la producción posterior definitoria del medio del maravilloso Will Eisner, un devoto admirador de Ward que a su vez pasaría a concretar el vocabulario de técnicas cuyos retazos aún se pueden ver en los cómics convencionales de la actualidad. Perfectos para volver a descubrirlos, la ejecución de los dispositivos narrativos de Ward son absolutamente contemporáneos, tal y como se puede observar en *Madman's Drum*, donde la existencia de un trabajador rural itinerante se retrata en un blanco y negro duro e implacable, mientras que sus propias percepciones, a menudo falsas, de los eventos están impresos en una romántica tonalidad de piel roja de ensueño, lo que permite que la narración florezca con una originalidad impresionante y una sofisticación sorprendente. Los perspicaces retales, a menudo intensamente morales, de la vida cotidiana que ofrecen las obras de Ward son fácilmente comparables a los que lograron los dramaturgos y autores más consumados del mismo período, mientras que la seriedad de sus temas y su innovadora narrativa marcarán seguramente sus obras como los primeros ejemplos genuinos de ese formato tan maltratado como publicitado, la novela gráfica.

A medida que avanzamos lentamente a lo largo de la historia en pos de la innovación en el cómic moderno, nos vemos obligados a reconocer las circunstancias históricas y el contexto que incidieron en dicho desarrollo, al igual que el impacto de la conciencia de clase en las primeras tiras de prensa mencionadas anteriormente. Uno de los eventos que terminaría teniendo una importancia considerable en el emergente medio fue el anuncio de la aprobación de la Ley de la Prohibición en julio de 1919, que se haría cumplir mediante las disposiciones otorgadas por la Ley Volstead en enero de 1920. Los efectos de la Prohibición fueron amplios y casi ninguno de ellos estuvo previsto por los árbitros morales y legisladores artífices del plan. La criminalización efectiva de la mayoría de los estadounidenses adultos normales y respetuosos con la ley, aunque no hizo casi nada para disminuir la venta de alcohol, aseguró en cambio que muchos antiguos ciudadanos modelo empezaran ahora a confraternizar en bares clandestinos con las personas menos razonables que la

Prohibición tenía la intención de erradicar o desterrar, como pueden ser los homosexuales, las prostitutas y los gánsteres. Desde el punto de vista de las autoridades, fue igualmente desastroso conceder enormes riquezas e influencia a tenor de la Ley Seca a negocios regentados por criminales estadounidenses, haciendo que el contrabando fuese el principio alrededor del cual se estructuraría el crimen organizado.

Vistas desde una perspectiva convencional de la historia del cómic, las décadas de los veinte y los treinta se perciben frecuentemente como la etapa clásica de las grandes revistas *pulp* que serían las predecesoras inmediatas de los cómics. En cuanto a por qué debería ser de esa forma, al lector interesado se le suele remitir a la lectura de *Men of tomorrow* de Gerard Jones, una reveladora historia basada en los hechos que documenta la influencia de los chantajistas y mafiosos en el oficio que, con el tiempo, se terminaría por convertir en la industria moderna del cómic. Aparentemente, en plena era de la Prohibición y el auge del contrabando, los gánsteres de renombre que controlaban el flujo de alcohol hacia Estados Unidos estaban ansiosos por desarrollar una conveniente operación de cobertura, un empeño por legitimarse e intentar ocultar el tráfico de licor desde la vecina Canadá, donde obviamente la legislación estadounidense en vigor no se aplicaba. Casualmente, en Canadá estaba situada una industria relacionada con la impresión relativamente barata (muchos cómics modernos se siguen imprimiendo en Quebec), lo que convirtió al incipiente mercado de revistas *pulp* en una tapadera perfecta para el tráfico de alcohol: camiones llenos predominantemente de *bourbon* o, digamos, cerveza Molson, pero con un gran cargamento de *magazines* en cajas situadas justo al abrir las puertas de carga que ocultaban el contenido real a la inspección de aduanas. Notables empresarios estadounidenses como Legs Diamonds, Charles Luciano y Meyer Lansky estaban preparados para atender de forma rentable un mercado en rápida expansión de alcohol ilícito. Se puede decir, casi con toda certeza, que al hacerlo estaban asentando las bases de la industria del cómic moderno, y aunque tuvo poca o ninguna consecuencia para los traficantes de ron y los comerciantes del mercado negro involucrados, sería absolutamente pertinente para los rasgos básicos de la tradición editorial *pulp* que tales prácticas estaban generando de forma casi accidental.

3

A las revistas *pulp*, percibidas (incluso por algunos de sus autores más destacados, como el extremadamente esnob H. P. Lovecraft) como un producto destinado a una audiencia de seudoimbéciles de clase baja supuestamente adultos pero sin educación, se les permitió un grado inusual de libertad de expresión que se aprovechó al máximo. Incluso los títulos *pulp* relativamente bien considerados y respetables como *Weird Tales* usarían formas femeninas semidesnudas y vaporosas, especialidad de la ilustradora Margaret Brundage, perennes mujeres floreros de cubierta que atraían a los libidinosos jóvenes hombres solteros dibujados que representaban a una significativa proporción de sus lectores. Mientras tanto, en los extremos del espectro *pulp* más marginales y amorales se encontraban los llamados *spicy pulps*[*] descaradamente eróticos, con revistas como *Spicy Mystery*, *Spicy Detective*, *Spicy Western* y *Spicy Adventure Stories* de Frank Armer. Si bien el verdadero contenido sexual prometido en las cubiertas de estas publicaciones se dejaba en su mayoría a la propia y vívida imaginación del lector, impulsada por insinuaciones sugestivas o eufemismos cada vez más al límite de las partes corporales innombrables, estaba claro que los editores y escritores no hacían ni caso a todas esas restricciones cuando se trataba de retratar el sadismo sexual, la brutalidad o la tortura.

Con la llegada del fin de la Prohibición en algún momento de 1933, estaba claro que el contrabando ya no valía económicamente el esfuerzo. El papel de imprenta, que se contaba entre las escaseces sufridas en la Depresión, aparentemente seguía disponible para los intereses criminales que hasta entonces habían visto el mundo de la edición como una tapadera para poder contrabandear alcohol. Los picantes y lascivos *pulps*, predeciblemente muy populares, se empezaron a considerar un medio potencial para llenar parcialmente el vacío financiero dejado por la inoportuna desaparición del comercio ilícito de licores. Sus rentables páginas se desbordaron con antiguos

---

[*] Picantes. *N. del traductor*

alumnos de *Weird Tales* ocasionalmente pluriempleados, cómplices de Lovecraft como E. Hoffman Price y R. E. «Conan» Howard (oculto bajo el seudónimo de Sam Walser).

Los *pulps* picantes de Armer consiguieron esquivar con éxito las protestas y reprimendas morales hasta principios de la década de los cuarenta, cuando finalmente sucumbieron a los cambios que se produjeron en el estado de ánimo nacional durante la guerra y al ataque combinado de legisladores, grupos censores, el alcalde de Nueva York y el cruzado de la moral Fiorello LaGuardia y la Legión de la Decencia. Sin embargo, durante algunos años antes, la disminución en las ventas y todas los obstáculos de las campañas moralistas y los grupos de presión tuvieron como consecuencia que los interesados en el negocio empezaran a estudiar activamente las alternativas de publicación llevadas a cabo por el editor de brillante imaginación Frank Armer, con las que se había asegurado buenas ganancias. La autoridad que controlaba los títulos de *Spicy* era el peculiar y algo sombrío impresor Harry Donenfeld. Supuesto contrabandista, se rumoreaba que Donenfeld había participado activamente en la publicación y distribución de las *Biblias de Tijuana* antes mencionadas, así que bien se podría pensar que estaba excelentemente situado en una industria gráfica que al parecer en ese momento se había vuelto dependiente de sus buenas relaciones con la fraternidad criminal, factor necesario para poder conseguir un continuo suministro de papel. En 1934, la repentina adquisición por parte de la empresa rival Eastern Color de una cantidad significativa de papel de periódico, y la necesidad de sacar más producto de forma inminente, le condujo a la publicación del primer número de *Famous Funnies*, un refrito improvisado de varias tiras de periódico publicadas previamente. Resultó ser un éxito inesperado en los quioscos, demostrando eficazmente el enorme mercado que existía para este novedoso formato nunca probado con anterioridad que, casi por accidente, se podría decir que produjo el primer *comic book* americano. Los editores de *pulp* como Harry Donenfeld, quizás deduciendo al echar un vistazo a sus balances generales que los días de gloria de los *pulps* estaban llegando a su fin, se apresuraron a investigar las posibilidades de este nuevo fenómeno popular. Aunque no tenían posibilidad de acceder a los aclamados personajes de las tiras de los periódicos como los que aparecieron en *Famous Funnies*, obviamente era posible idear copias genéricas: a falta de *Mandrake* de Lee Falk, uno podía simplemente sustituirlo con creaciones de la casa como *Zatara* de Fred Guardineer. En connivencia con un antiguo contable de los *syndicate*, el inmensamente astuto Jack Liebowitz, Harry Donenfeld se aferró con entusiasmo al cómic como próxima aventura a emprender en los estratos más bajos de las publicaciones. Para alimentar mejor estas ambiciones, el otrora supuesto contrabandista de ron y antiguo pornógrafo formó la nueva compañía que con el tiempo se conocería como DC Comics.

Los primeros títulos de la casa como *Detective Comics*, con su variedad de imitadores de duros detectives, cómicos bufones y los obligatorios magos vestidos de esmoquin, se vendieron sólidamente, pero aún tenían que encontrar el artefacto revolucionario que finalmente se convirtiese en el principal reclamo de venta de la industria, un personaje sustituto de lo anterior de mayor fiabilidad. Llegó en 1938, cuando Jerry Siegel y Joe Shuster, fans adolescentes de la ciencia ficción oriundos de Cleveland, presentaron al negocio del cómic en pleno proceso de formación de Harry Donenfeld el personaje único y revitalizador que había estado buscando; un concepto-insignia que definiría y dominaría la industria en expansión en la que pronto se convertirían los cómics. Debutando en el nuevo título de la compañía *Action Comics*, *Superman* resultó una verdadera sensación editorial. Pronto, la empresa de Donenfeld y el resto de editores de *pulp* conscientes de las tendencias produjeron en masa personajes vagamente paranormales vestidos con leotardos, con la esperanza de duplicar el asombroso éxito del original. La fundamental creación de Siegel y Shuster fue la piedra angular de los cómics *mainstream* modernos, al igual que, desafortunadamente, la apropiación de su personaje por medios que algunos consideran dudosos, pareció instaurar un modelo para las prácticas comerciales delictivas que ha prevalecido en el negocio del cómic desde entonces.

Supuestamente arrancado con trampas de las desprevenidas manos de Siegel y Shuster cuando ambos jóvenes fueron llamados a combatir en la Segunda Guerra Mundial, su personaje precipitó un tsunami de aventureros disfrazados o enmascarados, en el que *Superman* se convertiría de forma gradual en uno casi completamente ordinario. Sin embargo, visto el predominio en la industria que finalmente lograría *Superman* y todo el género que lo siguió, habría que analizar más detalladamente sus primeros pasos. Casi con toda certeza, más por instinto que por análisis psicosocial, dos adolescentes de Cleveland habían elaborado una fantasía casi perfecta e icónica que hablaba sobre algo profundamente arraigado en la psique norteamericana trabajadora: propulsado hacia la Tierra (y más específicamente, Estados Unidos) desde un mundo natal que explosiona durante su infancia, el personaje, como muchos de sus lectores o sus padres, era un inmigrante. Luego está el dato generalmente pasado por alto de su humilde educación rural, muy lejos de las multitudes de ricos de élite, fabricantes de armas, médicos y científicos que encarnarían *alter egos* civiles respetables y en gran parte de clase media para la infinidad de personajes uniformados con capa que surgieron pisando los rojos talones de las botas de *Superman*.

En sus inicios, *Superman* parece una representación de las clases trabajadoras oprimidas de las que provenían sus creadores, y una maravillosa encarnación de todos los sueños y aspiraciones de los desposeídos. Vestido con colores primarios brillantes cuando la mayoría de sus lectores de la época de la Depresión estaban resignados al negro, marrón o gris raídos, aquí tenemos a un personaje que de un solo salto podía elevarse por encima de las desgastadas calles de la ciudad por las que sus compatriotas empobrecidos se veían obligados a caminar penosamente en busca de trabajo. Aunque las décadas siguientes y las fortunas en crecimiento de Estados Unidos han visto al campeón robado de Siegel y Shuster reconvertido en un ideal del *establishment*, una figura que encarna su superioridad táctica y, por lo tanto, tal vez nos comunique cierta sensación de impunidad nacional, la propuesta pionera de este superhéroe arquetípico era muy diferente. En sus primeras aventuras, con una concepción admirablemente extensa de lo que constituía el bando criminal, un Hombre del Mañana espléndidamente igualitario golpeaba a los esquiroles y usaba su superfuerza para arrojar hacia el horizonte a los terratenientes sin escrúpulos que exprimían los barrios bajos. Gradualmente, a lo largo de los siguientes años, tal vez por culpa de la disminución de los derechos de la pareja creadora de Cleveland para poder controlar su propia creación, *Superman* se sometería a un cambio de imagen moral y político para convertirse en un bastión de autoridad, cuidadosamente extirpado de cualquier actitud espinosa o inconformista.

La misma trayectoria se puede observar en muchos de los iconos de la cultura pop de Estados Unidos, como la pinta inicialmente demoníaca del *Mickey Mouse* de Walt Disney, rápidamente reconvertido en habitante de una zona suburbana. Si, como he sugerido anteriormente, la identidad estadounidense se unió y forjó por primera vez en torno a las industrias del entretenimiento nacionales, quizás podamos fijarnos en por qué este proceso de domesticación se consideró necesario. Los símbolos que consagraban la emergente imagen que de sí mismos tenían los Estados Unidos eran simplemente demasiado importantes socialmente como para dejarlos en manos de unos individuos impredecibles y, a veces, idealistas, como sus creadores. Claramente, se consideró más apropiado que estas nuevas entidades totémicas estadounidenses estuvieran en posesión y custodia de hombres de negocios a menudo cuestionables en lugar de recaer en los seres humanos genuinamente talentosos y decentes que las originaron. Dado que *Superman* había sido rebautizado como un ejemplo de la Verdad, la Justicia y el Estilo Americano, parece irónico que se prescindiera de las dos primeras cualidades de manera tan casual, mientras que, a juzgar por el comportamiento de la naciente industria del cómic, es como si su interpretación del *american way* hiciese bien poco por distinguirla de cualquier otra actividad que tenía como objetivo el engaño, el hurto o el acoso.

Los apologistas de la industria han ofrecido varias explicaciones para disculpar el vergonzoso acto de latrocinio en el que parece haberse fundado el vasto negocio que les da apoyo. Una de las más despreciables de estas invenciones es que Siegel y Shuster deberían haber sido más astutos al firmar los contratos, lo que parece ser una variante del conocido consejo proverbial estadounidense sobre los tontos y la inconveniencia de dejarlos descansar. Más recientemente, ha habido intentos de mitigar la ofensiva de la industria con un llamamiento a una especie de misticismo y al posmodernismo, manteniendo que *Superman* y los posteriores personajes del cómic comercial para niños son todos, en cierto sentido, arquetipos que flotan en el éter, esperando a ser cosechados por cualquier idiota afortunado que pase por allí. Ingeniosamente, hacen alusión a todo el problema de Siegel y Shuster insistiendo en que los creadores del cómic centrado en los superhéroes no son realmente creadores después de todo, sino simplemente los recolectores de algún tipo de fruto inesperado y trascendente que debería ser libremente compartido. Incluso si esto fuese cierto, es difícil ver exactamente cómo podrían justificar que una compañía de mercaderes quizás fundada por gánsteres (solo por continuar con la analogía) declare que estas rentables manzanas mágicas les pertenecen todas a perpetuidad. Aun así, se puede ver por qué una metafísica tan evasiva moralmente podría atraer a las grandes empresas corporativas que dirigen la industria del cómic, a aquellos entre los lectores cuya lealtad principal es a un superhéroe específico en lugar de al humano ordinario no invulnerable que lo originó, y también a quienes trabajan de forma leal y rentable para las franquicias, que saben que no corren peligro de crear una idea original que sea lo suficientemente valiosa como para que alguien se la robe. Por otro lado, los que no se encuentran entre los ejemplos anteriores deberían empezar a cuestionarse qué tiene de sabio montar un esfuerzo comercial e ideológico tan importante sobre cimientos tan descaradamente podridos y tan carentes de la necesaria integridad de base.

Para cuando los creadores de *Superman* fueron llamados a pelear en Europa, despidiéndose de su tierra natal y supuestamente de la propiedad de su creación, el luchador contra el crimen de original capa ya había engendrado una gran cantidad de personajes parecidos, algunos posiblemente tan novedosos y populares como su progenitor. Al menos un buen número de estas primerizas superpersonas mostraban el mismo comportamiento *antiestablishment* expresado por el personaje de Siegel y Shuster en sus primeras apariciones. El androide inflamable de Carl Burgos, la *Antorcha Humana*, fue comprensiblemente percibido como un peligroso monstruo parecido a *Frankenstein* durante sus primeras escapadas, mientras que el misántropo *Submariner* de William (Blake) Everett deseaba abiertamente erradicar a toda la sociedad no anfibia. El fascinante *Plastic Man* del desgraciado Jack Cole comenzó su vida como un criminal endurecido antes de convertirse en el personaje visualmente más subversivo y anárquico que el medio jamás había conocido, mientras que el seminal *The Spirit* de Will Eisner nos enseñaba un mundo tiernamente representado por personajes de baja estofa tan entrañables como despreciables. Las pandillas de chicos de Jack Kirby eran tanto un producto de los barrios y las viviendas de zonas depauperadas como lo era su creador, mientras que el debut de *Batman*, en gran parte creado por Jerry Robinson y Bill Finger, fue como vigilante armado con pistolas a quien aparentemente la policía no distinguía de sus monstruosos adversarios homicidas. Es obvio que los primeros superhéroes habitaban un paisaje más distendido y socialmente variado que el de los personajes de mensaje «decente» que los siguieron después del *boom* de los superhéroes propiciado por la Segunda Guerra Mundial.

En solo unos pocos años, a medida que los jóvenes soldados estadounidenses que se dirigían a la batalla elevaban proverbialmente su moral con las periódicas aventuras del *Capitán América* o *Superman* que guardaban en sus mochilas o en sus casilleros, el cómic se fue convirtiendo en un elemento más del paisaje de aquello que finalmente se convertiría en la

Norteamérica moderna, otro elemento que parece subrayar una interesante diferencia en la forma en que se percibían los cómics en Gran Bretaña y Estados Unidos, respectivamente. Desde que *Ally Sloper* se embarcó por primera vez en su *Half-Holiday* a finales del siglo XIX, Gran Bretaña había presenciado una floreciente tradición de periódicos ilustrados generalmente semanales, destinados exclusivamente a niños o jóvenes en edad escolar. En su mayoría, presentaban anécdotas de *slapstick* juvenil o las hazañas inventadas de artistas populares del cine o la radio. Por otro lado, las series más orientadas a la aventura estaban generalmente protagonizadas por campeones deportivos ficticios, pandillas escolares a las que les gustaba investigar, o héroes militares patriotas y de mandíbula cuadrada, todos fermentados en los mismos ideales de racismo, misoginia y antisemitismo anticuados tan presentes en la época a ambos lados del Atlántico. Mientras que en Inglaterra se consideraba que la tira de periódico estaba orientada a los adultos (aunque también a los adultos de las clases bajas), se percibía que las publicaciones periódicas con dibujos o las historietas se destinaban únicamente a los niños. Por lo tanto, aunque los soldados británicos pudiesen haber elevado su moral con la ayuda de la glamurosa *Jane*, la heroína de Norman Petty con un vestuario propenso a provocar situaciones erróneas, no se sentían tan entusiasmados con el *Desperate Dan* de Dudley Watkins. Esto bien podría sugerir que en Estados Unidos se percibía que el cómic estaba dirigido a un rango de edad considerablemente más amplio, desde niños pequeños hasta aquellos que habían entrado en la adolescencia o en la veintena. Esta aparente mayor ambigüedad entre la edad del público quizás podría dar a entender los trastornos de la censura que tanto asediarían el negocio del cómic estadounidense en la década de los cincuenta, con la notable línea EC de Bill Gaines claramente dirigida a lectores mayores, siendo acusada de traumatizar y corromper, mientras que también aclara por qué en el Reino Unido no se evolucionó y no se empezaron a hacer historietas con narrativas más maduras hasta mucho más tarde, y por qué Inglaterra no pudo haber producido un trabajo innovador como el realizado por la EC. En Gran Bretaña, los cómics estaban destinados a los niños, sin ambigüedad alguna, y los únicos avances sofisticados se darían con el advenimiento de *Eagle* en 1950, una publicación informativa y educativa destinada a escolares de buena educación y de clase media, y muy alejada del campo de béisbol a medianoche salpicado de entrañas humanas dibujado por Jack Davis para la EC. Bien se podría decir que los tiempos de guerra fueron, irónicamente, la verdadera edad de oro de los superpersonajes. Este período no solo contempló un aumento masivo del ingenio que pondría en marcha varios de los títulos que aún dominan el mercado del cómic en la actualidad, sino que la reduccionista moral en blanco y negro de la Segunda Guerra Mundial demostraría ser el telón de fondo perfecto para las hazañas moralmente simplistas de los héroes disfrazados. Los científicos nazis y sus depravados experimentos proporcionaron una fuente inagotable de antagonistas prefabricados, mientras que el ambiente nacional e internacional de certidumbre moral coincidía muy bien con el comportamiento general del habitual hombre misterioso vestido con una máscara. El final de la guerra, que llegó con el lanzamiento de sendas bombas atómicas sobre Hiroshima y Nagasaki, traería consigo una nueva época de incertidumbre, tanto para el mundo en general como para el superhéroe en particular. Con la disminución de la ola de fervor patriótico que los acompañó en tiempos de guerra, los aventureros enmascarados parecían cada vez más carentes de propósito o dirección. Al parecer, el nuevo género ya no tenía una misión, lo que parece reflejarse en la caída de las ventas y las cancelaciones de las series de superhéroes del período de posguerra. Solo los títulos más populares y conocidos subsistieron más allá de 1950.

Desde el punto de vista de muchos entusiastas del cómic con querencia por los superhéroes, la década de los cincuenta parece estar considerada casi como un período crepuscular, o al menos como el último destello de una Edad de Oro de, decididamente, ocho quilates. De hecho, el pronunciado descenso entre la población sobrehumana dejó un agujero en la «cadena alimenticia» que otros géneros rápidamente se apresuraron en rellenar, lo que resultó en una gloriosa explosión de biodiversidad en la historieta. Ahora que la confiable fuente de ingresos proporcionada por el superhéroe había demostrado ser poco fiable en términos de rentabilidad, los desesperados editores estaban más que dispuestos a experimentar con nuevas ideas y contenidos con la esperanza de encontrar un reemplazo rentable. En consecuencia, los cómics se irían transformando gracias a la proliferación de títulos de guerra, del Oeste, cómics románticos, cómics de terror, crimen y ciencia ficción, cómics para niños pequeños, títulos de humor para adolescentes, más otros géneros que se beneficiaban de la brecha abierta por la muerte regresiva de los superhombres. Tal vez (¿quizás intencionadamente?) debido al difuso rango de edad al que atraían tales títulos, los creadores de la época parecían sentirse lo suficientemente animados como para arriesgarse y hacer progresar el medio elegido transitando áreas inexploradas. En ninguna parte sería esto más notorio que en la línea pionera de la EC.

El antiguo editor de cómics Max Gaines (relacionado con los protocómics de prensa que habían precedido a *Famous Funnies*) instituyó los EC Comics como parte de su sobria y educativa, a menudo religiosa, línea de publicaciones, con la atención puesta en esa «E» que inicialmente significaba «Educativo». Tras la repentina desaparición de Gaines durante un accidente de navegación, su inconformista hijo William, más bohemio y, se podría suponer, poco preparado, pasó a detentar la propiedad de la compañía de inclinaciones conservadoras. Por mucho que se sorprendiera al encontrarse al timón de una extensa empresa editorial, William Gaines demostraría ser uno de los individuos más innovadores y pioneros de la historia del cómic. Dándose cuenta rápidamente de que las sensibilidades serias y estiradas de su padre no eran ideales para el público del cómic moderno, Gaines junior modificó radicalmente la línea de EC, de modo que ahora la «E» significaba «Entretenido». Elaborando sus planes en base al principio infalible de querer hacer cómics que a él mismo le gustaría leer, rápidamente reunió la lista más deslumbrante de creadores que la industria haya visto, o con toda probabilidad, vuelva a ver alguna vez.

El material de terror, ciencia ficción y suspense que Gaines escribió junto con su principal cómplice, el dibujante y guionista Al Feldstein, bellamente dibujado por gente como Bernie Krigstein, Wally Wood, Al Williamson, Jack Davis, Johnny Craig, Graham Ingels y una gran cantidad de talentos estelares, lograría producir un impacto devastador entre el público por su forma de abordar los inadvertidos temores y ansiedades de la posguerra que acechaban justo debajo de la suave superficie de fórmica de una soporífera Norteamérica de Eisenhower. Un violador brutal de una pequeña ciudad al que su puesto de jefe de policía le convierte en intocable; un propietario tiránico de tugurios alquilados que sufre la viciosa, aunque poética, venganza de los inquilinos ciegos humillados y maltratados por él; un excomandante indudablemente culpable, antiguamente al mando de un campo de concentración, que llega de incógnito a Estados Unidos y es acosado por su propio pasado; la adaptación de *Vendrán lluvias suaves*, de Ray Bradbury, que resucita las famosas sombras en las paredes de Hiroshima en un Estados Unidos posnuclear y, por lo tanto, remueve la herida de un país todavía atormentado por la bomba... No parecía haber ningún tema que Gaines no quisiera revisar desde un punto de vista ferozmente moral. Dichas perspicaces narraciones se destacaron incluso por encima de las amenas historias de horror de la EC marca de la casa, donde un grotesco y lascivo «anfitrión terrorífico» las atenuaba tranquilizadoramente a base de comentarios sarcásticos y angustiosos juegos de palabras, y todo esto antes de tener que dedicar una sola línea a los asombrosos títulos de guerra y humor que muchos atestiguan como lo mejor que esta empresa ha producido jamás.

Las genuinas obras maestras del *Frontline Combat* de la EC y las sátiras que redefinieron el medio publicadas en *Mad* eran principalmente creaciones del inequívocamente brillante Harvey Kurtzman. Sus relatos bélicos detallados y obsesivamente investigados como *Corpse on the Imjin* o *The Big If* son a la vez las historias más atrevidas y realistas que han surgido alguna vez en el género de los cómics de guerra, mientras que al mismo tiempo son expresiones intensas y elocuentes de su posicionamiento en contra de la guerra, así como de su sensibilidad pacifista. Este enfoque peleón dentro del conformista *mainstream* no se ejemplifica mejor ni con más elegancia que en el sublime *Mad* de Kurtzman, quizás el título más grandioso que el negocio del cómic, o de hecho el medio del cómic, haya visto jamás. Con la ayuda de la mayor parte de la lista anterior de magistrales creadores de la EC, además de incorporaciones extremadamente notables como John Severin o el exquisitamente trastornado Will Elder, el inconformista judío de Nueva York Kurtzman satirizaría hilarante y eficientemente cualquier aspecto de la convulsa cultura estadounidense de los años cincuenta que llamase su atención, desde la política o los absurdos de la moda hasta los medios de entretenimiento omnipresentes en ese ambiente adinerado y relativamente próspero de posguerra: las revistas, las películas, los programas de radio o televisión, y más consistentemente los cómics y las tiras de prensa fueron intereses notables de este pionero de las historietas y maestro satírico estadounidense tan influyente.

En la parodia de *Bringing Up Father* de George McManus, Kurtzman yuxtapuso ingeniosamente el estilo *cartoonesco* de Will Elder imitando al propio McManus con las imágenes neorrealistas de Bernie Krigstein para mostrar los espantosos efectos de nuestra existencia real en la violencia doméstica, chistosa y humorística de *Jiggs* y *Maggie*. La más cortante, con mucho, de sus varias parodias de los superhéroes no puede ser otra que el *Superduperman** creado por Wally Wood, en donde el personaje de Siegel y Shuster (en una historia anterior, Kurtzman delineó a un matón astuto y amoral) ve a un rival *übermensch* basado evidentemente en el *Capitán Marvel* de Fawcett Comics, seguramente el más exitoso de los personajes disfrazados que copiaron a *Superman* y, por lo tanto, inmerso en el proceso de una batalla legal contra los editores de *Superman*, quienes quizás intentaron reducir la competencia por medios poco menos que ilegítimos. Aunque puede que incursiones astutas y sabias como las anteriores no hiciesen demasiado popular a Kurtzman entre el *mainstream* de los cómics, se ha llegado a

* Algo así como super tonto, chachi piruli, tope guay. (*N. de la editorial*)

sugerir que la única tira que acabó con la etapa del dibujante y guionista en *Mad*, junto con su carrera en los cómics de la EC en su conjunto, no fue una donde atacaba a un personaje demasiado querido de las tiras de prensa o de los cómics de superhéroes supervivientes, sino la lacerante historia de Kurtzman y Elder contra el así denominado «adolescente medio» americano, una sátira mordaz titulada *Starchie*. Al retratar al típico adolescente pecoso promedio estadounidense como habitante de un mundo a lo *Semilla de maldad*, lleno de bandas criminales, promiscuidad y drogas en el instituto, Kurtzman parece que incurrió en la ira de influyentes enemigos que no tendrían que esperar mucho para poder ver cómo era por fin expulsado.

4

Al contrario de lo que todos los accesorios retro televisivos o cinematográficos intentan decirnos, muchos días de los Estados Unidos de la década de los cincuenta estuvieron lejos de ser tan felices como los pintan. Si bien la situación económica sin duda había mejorado, la próspera nueva era trajo consigo sus propias dudas y temores sin precedentes, la mayoría de ellos centrados en la amenaza que se percibía que había planteado el comunismo. El vicepresidente Richard Nixon presentaba las fantasías delirantes y paranoicas de los angustiados «Whittaker Chambers»* como sólida prueba del insidioso complot rojo contra Estados Unidos, mientras que el senador Joseph McCarthy estaba llevando a cabo su exitosa campaña para expulsar incluso a los presuntos comunistas de todos los rincones de la sociedad estadounidense. Los rusos habían puesto el Sputnik I en órbita, batiendo a los Estados Unidos en el espacio exterior y, por lo tanto, lanzando con éxito un golpe psicológicamente traumático y desmoralizador contra la autoestima del país, mientras las ventas de refugios antiaéreos para los patios traseros aumentaban a medida que los ciudadanos norteamericanos se daban cuenta con inquietud de que haber sido la nación que había comenzado el reinado de terror de las bombas atómicas no significaba que ella misma estuviese exenta de la prolongada y aterradora perspectiva de una aniquilación inminente. Atormentada por histerias y pánicos en gran parte autoinfligidos, la cultura estadounidense se agitó ciegamente mientras buscaba un receptáculo conveniente donde poder descargar toda la culpa. Buscando desahogarse para afrontar el hecho de que la Rusia soviética poseía ahora los «secretos atómicos» de Estados Unidos (y negándose a aceptar que cualquier científico atómico medio competente hubiese

---

* Se refiere al escritor de nombre real Jay Vivian Chambers, también conocido como David Whittaker Chambers; después de sus primeros años como miembro del Partido Comunista de los Estados Unidos renunció al comunismo y se convirtió en un abierto opositor al régimen soviético. (*N. del traductor*)

resuelto dichos «secretos» por sí mismo a la hora del almuerzo del 7 de agosto de 1945), Julius Rosenberg y su esposa Ethel Greenglass fueron acusados de transmitir información vital a la URSS, y posteriormente ejecutados. Mientras tanto, en el ámbito social, con la delincuencia juvenil en ascenso a ambos lados del Atlántico (posiblemente como resultado de lo que el poeta y autor inglés Jeff Nuttall denominó «cultura de la bomba», o el nihilismo desesperado de la generación nacida después de Hiroshima que se puso de manifiesto en diversos actos de violencia o vandalismo), se requerían similares chivos expiatorios, algo que fuera la causa de todo este trastorno social y que fuese característico de la propia sociedad estadounidense. Fue en este punto en el que los diagnósticos mesurados y autorizados de la profesión médica y sus expertos irrumpió en un debate ya volátil, saltando a la palestra las opiniones supuestamente fundamentadas de un psicólogo criminalista, el Dr. Frederic Wertham, expuestas en su manual *Seduction of the Innocent*, tan espeluznante y sensacionalista en su atractivo como cualquiera de los dañinos y corruptores cómics a los que pretendía acusar. De hecho, su lectura nos permite vislumbrar una mentalidad patológicamente mórbida, la del propio doctor y autor del libro. Ricamente ilustrado con los dibujos más ostensiblemente alarmantes del mercado, se hubiese arramplado con los cómics de la EC o con los títulos de crímenes publicados por Charles Biro, parte del libro de Wertham se resumió para su publicación en el *Ladies Home Journal* de noviembre de 1953 (que de lo contrario solo habría sido un mes tan famoso por una rara y espléndida cosecha de vino), antes de su publicación completa en mayo de 1954. Con una retórica claramente diseñada para aterrorizar a un público de madres angustiadas, Wertham presenta el argumento algo confuso de que darles a los niños cómics para leer durante sus años de formación, en el mejor de los casos, los puede transformar en unos idiotas sociales, completamente incapaces de comprender o apreciar el arte y la literatura más sofisticados. En el peor de los casos, el niño podría muy bien convertirse en un desviado sexual o en un psicópata. Como evidencia de toda esta perversión sexual, Wertham citó entrevistas con pacientes homosexuales que admitieron fantasear sobre la relación entre Batman y su compañero Robin, como si esto tuviese alguna relación con la forma en que tales cómics eran percibidos por su público infantil. Para apoyar la idea de que las historietas de terror y crimen pueden convertir a los niños en maníacos homicidas, el médico mencionó los historiales clínicos de otros pacientes que había examinado, como la de un hombre que en su momento había disfrutado de las historietas y más tarde se había incrustado varias agujas y otros objetos afilados de metal en su propia ingle y genitales. Es cierto que suena bastante desagradable hasta que uno reconoce, por los detalles incidentales del caso, que el paciente anónimo de Wertham es con toda probabilidad el famoso caníbal y asesino demente de niños Albert Fish, quien difícilmente parece ser el fan habitual de los cómics, y como personaje cliché es poco probable que aparezca en *The Big Bang Theory*, aunque, por supuesto, nunca se sabe. Sin embargo, la gloriosa culminación de las descripciones aparecidas en *Seduction of the Innocent* sobre las perniciosas y corruptoras técnicas de los cómics tiene que ser por fuerza la reproducción obsesiva de una viñeta de un *comic book* en la que una marca de tinta aleatoria ridículamente diminuta y aproximadamente triangular debajo del brazo de un personaje se agranda hasta que, si es que uno sufre algún tipo de psicosis que haga que todo se parezca a unos genitales, se podría parecer vagamente a una vulva. Debajo de esta ampliación aparece el texto francamente paranoico de que hay imágenes dentro de las imágenes que acechan en el cómic a aquellos que sean capaces de captarlas de la forma adecuada.

Seduction of the Innocent no fue la única obra de Wertham, pero parece una apuesta segura que, al surfear la ola de indignación e histeria pública, fuese la más conocida, la más vendida y la más lucrativa de todas. Sin embargo, sus consecuencias para el cómic resultaron ser catastróficas. Después del tono alarmante y estridente de Wertham, el negocio de los cómics fue sometido al escrutinio del senador Estes Kefauver en una serie de audiencias en donde los nerviosos editores de cómics agacharon la cabeza y se disculparon mansamente por los espantosos gustos de sus groseros lectores de clase baja. El único editor dispuesto a mantenerse firme y establecer una enérgica defensa en nombre de los cómics, la única persona que parecía genuinamente orgullosa del material que producía su empresa, fue William Gaines de la EC. El testimonio de Gaines, claro e inteligente, solo se vio socavado por la inusual y desproporcionada cantidad de tiempo que este editor tan controvertido fue llamado a prestar declaración. Durante ese período, Gaines estuvo usando una píldora dietética a base de anfetaminas para poder cumplir los ajustados plazos nocturnos por los que la publicación de sus cómics era famosa. Desafortunadamente, debido a la duración desmesurada del largo interrogatorio a Gaines, el gran pionero de los cómics empezó a entrar en barrena a medida que este avanzaba hacia terrenos más polémicos. Cuando se le pidió que comentara la imagen de una cubierta de EC dibujada por Johnny Craig que mostraba a un asesino con un hacha arrastrando los pies en dirección al lector agarrando por los cabellos rubios la cabeza cortada de una mujer, Gaines, desorientado y perdido, declaró precipitadamente que creía que la cubierta era un ejemplo de buen gusto. Cuando se le pidió que aclarara qué era lo que percibía como buen gusto en una cubierta de mal gusto, Gaines sugirió desastrosamente que sería de mal gusto si el maníaco levantara la cabeza cortada un poco más arriba, de modo que se pudieran ver el muñón irregular del cuello y las arterias goteando. Claramente, la teoría improvisada de Gaines sobre la estética del homicidio no hizo ningún favor a la ya maltrecha imagen de la industria. Más bien al revés.

Se puede pensar que la franqueza de Bill Gaines nació de la convicción de que su empresa nunca había hecho nada de lo que tuviera que avergonzarse. Por el contrario, muchas otras publicaciones, con manchas considerablemente mayores en su conciencia, adoptaron rápidamente la postura de disculpa y apaciguamiento que parecía ser la posición predeterminada de la industria del cómic desde sus orígenes, con los cómics de

DC atenuando y vigilando ansiosamente a *Superman* y *Batman* en un esfuerzo a lo Lady Macbeth por limpiar los muebles de la casa para protegerse de la censura de los grupos morales y críticos. A raíz de las audiencias de Kefauver, un puñado de los principales editores del medio, que incluía tanto a DC como a Archie Comics, empezó a trabajar para instituir un nuevo comité de autorregulación que controlase el contenido de todos los cómics de Estados Unidos, en un esfuerzo por evitar que alguien externo diese el paso, aunque haciendo lo mismo que habría hecho él en el proceso. Este poderoso organismo recién fabricado se llamaría Comics Code Authority (CCA).

Empezando a operar con una prisa casi indecente, el CCA se implantó en octubre de 1954, menos de seis meses después de la publicación en mayo del libro del Dr. Wertham. El Código del Cómic en sí, un grueso documento de estándares y prácticas, es interesante principalmente por la excentricidad de sus demandas (tanto los muertos vivientes como el tratamiento humorístico del divorcio se consideran igualmente ofensivos, estipulaciones dirigidas presumiblemente en contra de títulos que podrían ser llamados algo así como *Tiras cómicas de la pensión alimenticia para zombies*, que me acabo de inventar, así que por favor no lo busques), y los más curiosos quizás se interesen por la especificidad del lenguaje en el que se enmarcaban dichas demandas. Por ejemplo, al observar la insistencia del Código en que ningún cómic debía tener las palabras «Horror» o «Terror» como parte prominente del título, es difícil no sospechar que se trata de una legislación diseñada exclusivamente para expulsar del negocio a las publicaciones de la EC. La única forma en que el Código podría haberlo logrado de manera más descarada es si hubiesen agregado palabras como «Vault» o «Mad» a la lista de prohibiciones anterior. Dada la preponderancia de Archie Comics en el *mainstream* y la arquitectura del Código, se podría pensar que se trataba de una especie de venganza mezquina y sin sentido del humor por la jubilosa irreverencia del *Starchie* de Kurtzman. Por otro lado, si consideramos la enorme popularidad y éxito económico que la línea de la EC estaba consiguiendo en ese momento, al menos desde la perspectiva de otros editores rivales amargados, tal vez tengamos un motivo mucho más convincente de por qué negocios como Archie Comics o DC querían a Bill Gaines y sus bochornosos y espléndidos cómics fuera de escena, sin necesidad de especular sobre viejos rencores o sentimientos heridos provocados por historias como *Superduperman*.

En un intento por mitigar la pérdida de sus títulos más vendidos, Gaines intentó establecer una «nueva tendencia» alternativa sometida al Código del Cómic con títulos valientes y, a menudo, maravillosamente logrados, como *Valor*, *Piracy*, o el ingenioso y brillantemente concebido *Psychoanalysis*. Aunque los aficionados acérrimos de EC aplaudieron la valentía de este intento de seguir proporcionando unos cómics con una narrativa vanguardista bajo las nuevas restricciones, al faltar atracciones garantizadas como los *Old Witch* y *Crypt-Keeper* de la línea de terror, o el puro trazo grueso y el *potrzebie* de *Mad*, la nueva línea de Gaines se fue a pique. *Mad* se convirtió en una revista para eludir las nuevas regulaciones que se aplicaban solo a los cómics, perdiendo en algún momento del camino la mayor parte del indudable ingenio que la había convertido en un *tour de force* único. Un Kurtzman desilusionado intentó resucitar las agendas socio-satíricas de *Mad* en los de alguna manera más sometidos *Trump* y *Help* antes de aceptar los emolumentos de Hugh Hefner y aceptar restringirse a la inicialmente inspirada y psicodélica, pero cada vez más irrelevante y sin vida, *Little Annie Fanny* durante el resto de su una vez insuperable carrera. En el enorme agujero dejado por la ausencia de EC y otros productos igualmente desterrados como las colecciones centradas en el crimen de Biro, se derramó una avalancha de material relativamente insulso cuando compañías como ACG (American Comic Group) reemplazaron las genuinas narrativas de terror por comedias sobrenaturales caprichosas al estilo de Frank Capra, y Timely-Atlas marcó el comienzo de una *era* de wésterns poco amenazantes, títulos de humor para adolescentes, y los entretenidos cómics de monstruos de ciencia ficción juveniles y de extraño nombre como *Journey into Mystery* o *Amazing Adult Fantasy*. Las anodinas hazañas del molesto y casi asexuado Archie se convertirían en símbolos perfectos de la recién castrada industria del cómic, mientras que DC se hundía en un rentable letargo en el que Bob Hope y Dobie Gillis se codeaban con los ingeniosos y preclaros títulos de ciencia ficción de Julius Schwartz, o con aventuras a menudo encantadoras pero predecibles de favoritos tan probados como *Wonder Woman*, *Superman* y *Batman*. Cualquiera que haya observado el mundo del cómic inodoro y para toda la familia de finales de la década de los cincuenta podría llegar a la conclusión de que el glorioso destello subversivo que fue EC bien podría no haber sucedido. Pero, por supuesto, lo había hecho, y se podría decir que el experimento dolorosamente breve de EC tendría más influencia tanto en el futuro de la industria como en el campo de la historieta, mucho más que cualquiera de las ofertas más seguras de las empresas editoriales que hicieron tanto para asegurar su caída.

Ya sea consciente o inconscientemente, EC asentó las bases de la revolucionaria idea de que, posiblemente, el cómic podría algún día ser visto como arte o literatura. Aunque es posible que esta aspiración no se haya expresado con tantas palabras, los logros de casi todas sus viñetas eran tan evidentes que los lectores no pudieron evitar sentirse implicados en algo especial y sin precedentes. Por mucho que el futurólogo y no-músico Brian Eno comentase una vez que aunque puede que a la Velvet Underground solo la escuchasen unos pocos cientos de personas, todas ellas formarían bandas posteriormente, la EC había sembrado las semillas de los cómics por venir. Una de las primeras manifestaciones de su influencia fue la aparición de fanzines sobre cómics que apreciaban a la EC, la primera vez que este pequeño fenómeno de prensa familiar del ámbito de la ciencia ficción se aplicaría en el estudio del cómic. Aunque de enfoque angosto y preocupados solo por elogiar y examinar el material de la EC (mediante una lente retrospectiva cada vez más nostálgica), estas publicaciones fueron la piedra angular de lo que, en aproximadamente una década, se conocería como el *fandom* del cómic. La peculiar interacción simbiótica entre esta enorme colección de entusiastas vociferantes y la industria pragmática objeto de su admiración se convertiría eventualmente en un factor dominante en el destino del cómic, alterando drásticamente ambas instituciones en el proceso. Sin embargo, en ese momento el puñado de fans adictos a la EC que producían folletos y revistas para fans (si es que alguien pudo llegar a verlos alguna vez) que rememoraban melancólicamente los partidos de béisbol con partes del cuerpo y maníacos vestidos como el Papá Noel de antaño, probablemente sería contemplado como una prueba de las advertencias del Dr. Wertham.

A pesar de la atmósfera general de reprimenda y represión que se había asentado en el campo del cómic durante la década de los cincuenta, todavía existían casos aislados de magnificencia individual que merecen mención. El excelente *Fighting American* de Jack Kirby y Joe Simon parece un personaje creado durante la era McCarthy al estilo del héroe patriótico de la época, poco excepcional y de rostro adusto, muy serio, de igual modo que el icónico golpe maestro anterior de Simon y Kirby, el *Capitán América*, que en esa época de la caza de brujas se encontraba en manos menos hábiles. Sin embargo, en el segundo número se hizo evidente que el protagonista de la cabecera (junto, asumimos, a sus creadores) se había dado cuenta de lo grotesco que comenzaba a parecer el macartismo, tal y como demuestra la introducción de ridículos villanos paródicos que hacen burla del miedo a los rojos con nombres como Hotsky Trotsky, Poison Ivan y Rhode Island Red.

Igualmente digno de atención es el *Frankenstein* singular de Dick Briefer. Briefer, un orgulloso rojo afiliado al partido y activista que con frecuencia contribuía al *Daily Worker* comunista con sus mordaces caricaturas editoriales, había conseguido fluir y adaptarse con la llegada del Código y transformar su peculiar, cariñosamente espantosa y horrorosa versión cómica del monstruo de Mary Shelly en una delicia absurda, incluso una versión de historieta mucho más particular, adecuada incluso para el lector joven más sensible. Hipnotizado por la ascendente migración en vertical de la nariz del monstruo (para cuando se completó la transformación de su historia de terror en una comedia, el órgano en *retroussé* brotaba de la frente de la criatura), nadie pareció darse cuenta de que el personaje del título era técnicamente uno de esos muertos vivientes y, por lo tanto, según el Código del Cómic, tan inadecuado como un divorciado de risilla idiota. Sin embargo, a excepción de ingeniosas evasiones como las anteriores, todo el peso asfixiante y los límites al progreso que representaba la autoridad del Código del Cómic permanecerían inamovibles, y en general incuestionables, sobre los tebeos norteamericanos durante los siguientes treinta años.

Los lectores exigentes pueden haber notado que desde las innovaciones de la década de 1880 aparecidas en la difamatoria tira de *Ally Sloper*, apenas se ha mencionado el panorama del cómic en el Reino Unido. Ciertamente no debería tomarse como una indicación de que el medio británico carecía de guionistas y artistas de talento extraordinario, sino más bien como el reconocimiento de que el contenido, los gustos y el estilo de publicaciones se habían mantenido casi sin cambios durante setenta u ochenta años, a excepción de la *Eagle* antes mencionada. Considerados como entretenimiento para los más jóvenes, y aparentemente contentos de conocer cuál era su sitio, los cómics de Gran Bretaña habían evitado tanto el genuino progreso como el alboroto moral que habían experimentado sus homólogos estadounidenses, o al menos casi del todo. Es cierto que la Inglaterra de los años cincuenta vio intentos de demonizar y prohibir el cómic de terror, tal como sucedió en Estados Unidos, pero como ha observado el historiador del cómic Martin Barker, esta campaña, diseñada por comunistas ingleses, estaba enfocada únicamente contra las reimpresiones o importaciones estadounidenses y, extrañamente, fracasó en agitar los sentimientos contra los Estados Unidos. Mucho más significativo para los cómics británicos, a finales de la década de los cincuenta se pudo ver la afluencia de talentos jóvenes e imaginativos en la línea de títulos para niños, más enfocada para familias, de la famosa y frugal editorial de Dundee, D. C. Thompson. Principiantes talentosos y entusiastas como el bullicioso y prolífico Leo Baxendale o el frenético minimalista Davey Law, junto con otros como el maestro mancuniano Ken Reid y su estilo bellamente delineado y grotesco, cautivarían a una amplia franja de niños de la nación con su alegre anarquía. Estos autores terminarían por inspirar a toda una generación posterior más radical de creadores británicos, que también se vería despojada de sus personajes más exitosos y sería engañada de la misma manera que lo fueron sus contemporáneos estadounidenses.

De regreso a Estados Unidos, los años cincuenta no habían emitido aún su último suspiro antes de que el intuitivo y animado exagente de ciencia ficción Julius Schwartz (quien en su día representó a casi todos los autores de fantasía y ciencia ficción más conocidos, incluyendo a H. P. Lovecraft) formuló la idea de que los superhéroes de la década de los cuarenta, reinventados y renombrados para la actualidad, podrían resultar tan populares y atraer a una audiencia casi tan grande como la que habían tenido en su apogeo antes de la televisión. Al llamar a filas rápidamente al prolífico y versátil autor de *pulp* Gardner Fox junto con el artista Carmine Infantino para diseñar una versión aerodinámica y futurista del personaje entonces sin colección en DC, *Flash*, Schwartz marcó el comienzo de la omnipresente resurrección del hombre misterioso disfrazado en los sesenta, redecorado con un lustroso y reluciente brillo de ciencia ficción. El éxito de *Flash* entre un nuevo público demasiado joven como para haber estado previamente expuesto al concepto de los superhéroes, llevó a nuestro hombre a utilizar de nuevo la misma técnica con la difunta variante de *Aladino* de Bernard Baily y Martin Nodell, *Linterna Verde*, esta vez confiada a lo *hipster* y el *pulp* por el veterano escritor de la ciencia ficción John Broome junto al estilo elegante y visualmente danzarín de Gil Kane en los dibujos. A partir de ese punto, Schwartz tardó muy poco en hacer renacer de forma actualizada al superpopular combo de héroes *La Sociedad de la Justicia de América*. Con interiores del equipo formado por Gardner Fox y el dibujante Mike Sekowsky y las llamativas cubiertas salidas de la pluma casi arquetípica de Murphy Anderson, la remodelada *Liga de la Justicia* de Schwartz supuso un éxito sorpresa que envió ondas expansivas por toda la industria, anunciando que los superhombres habían vuelto al negocio.

Una conversación durante una partida de golf entre alguien de DC y Martin Goodman, editor de las revistas Marvel, alertó a este último sobre el éxito que de la noche a la mañana estaba logrando el título del superequipo publicado por Schwartz. Así que alentó a su sobrino Stan Lee, a cargo de la línea de cómics Timely-Atlas de la compañía, para que creara un grupo de superhéroes que pudieran duplicar y rivalizar con el *best seller* de la DC. Afortunadamente para Goodman, Lee pudo contar con la máquina creativa más importante de la industria del cómic de Estados Unidos, Jack Kirby. Se podría decir con toda seguridad que su reciente etapa creadora en el equipo uniformado de héroes *Investigadores de lo Desconocido* de la DC tuvo mucho que ver en la creación de *Los Cuatro Fantásticos*, incluida una primera cubierta de la serie casi idéntica en composición a la del debut en *Showcase* de la *Liga de la Justicia*. Tal vez inspirado por el ambiente que se vivía en las viviendas gastadas por el clima y las calles sin salida del *gueto* donde vivió Kirby, este dotó al nuevo superequipo un aire de valiente realismo que faltaba en los títulos de la DC. *Los Cuatro Fantásticos* resultó ser toda una sensación, lo que llevó a Lee a empujar a un Kirby infinitamente inventivo a la tarea de generar una alineación completa de superhéroes modernos e imaginativos como *Hulk*, *Thor*, *Ant-Man*, *Iron Man*, *X-Men*, *Los Vengadores*, incluso es posible que mientras tanto diseñase a *Spiderman* (aunque Steve Ditko es sin duda el dibujante que más hizo para dar forma al personaje, la cubierta con el héroe dibujado por Kirby para el debut de Spiderman en *Amazing Adult Fantasy* estaba, casi con toda seguridad, preparada con anterioridad. Kirby acababa de crear a *Fly* y a su archienemigo *Spider* para la línea de héroes de Archie Comics).

El segundo *boom* superheróico ya estaba en marcha y, aunque tanto DC como su gran rival emergente Marvel Comics iban a mantener sus títulos de guerra o del Oeste por un tiempo, presumiblemente por si la marea de héroes disfrazados volvía a desaparecer, en seguida se hizo evidente que las capas y máscaras eran de nuevo el principal filón de ventas de la industria. A lo largo de los siguientes años, la mayoría del resto de compañías de cómics supervivientes pondrían mayor énfasis en sus títulos protagonizados por gente en «ropa interior larga» mientras intentaban subirse al rentable oleaje de la imparable ola de DC y Marvel, con Marvel estableciéndose rápidamente como la más popular de las dos líneas editoriales, al menos en parte gracias al indudable talento de Stan Lee para exagerar las cosas y el *marketing*. En la campechana y por lo general al borde de la demencia Mighty Comics, se llevó a cabo un intento más o menos descarado de imitar los cómics de Marvel y se revivieron a los superhéroes de Archie publicados en la década de los cuarenta en su sello editorial MLJ. Charlton Comics, que ejemplifica perfectamente los estándares comerciales del cómic de la época por ser concebida cuando los editores se reunieron en una celda, expandió su propia gama de personajes disfrazados al conseguir el talento de Steve Ditko, que acababa de abandonar las series de Marvel *Dr. Extraño* y *Spiderman* tras darse cuenta de que no tenía ni la propiedad ni participación alguna en personajes que había inventado y popularizado. Incluso los proveedores de basura caprichosa a lo Frank Capra como ACG introdujeron supertipos extraños y sobrenaturales que llegarían tan lejos como para equipar a su creación más notable y genuinamente maravillosa, *Herbie*, de Ogden Whitney, con calzoncillos largos de franela roja y desatascador de fontanero en la cabeza, para reinventarlo como *Fat Fury*.

Los superhéroes se habían vuelto omnipresentes, eran populares en los campus universitarios (lo que subraya una vez más la singular disparidad estadounidense entre el aparente rango de edad al que se dirige el cómic y el mayor rango de edad de sus lectores, bien conocido por la empresa), eran tema de discusión en periódicos y revistas, viendo incluso un resurgimiento de aquellos fenómenos culturales anteriores basados exclusivamente en la EC, el fanzine de cómics y el fan del cómic. Enardecidos por el entusiasmo por los superpersonajes vueltos a la vida, el profesor Jerry Bails y su joven protegido Roy Thomas publicaron el primer fanzine de superhéroes estadounidense conocido, *Alter Ego*, que, aunque fundamentalmente estaba impulsado por la nostalgia y se revolcaba en su afición por los títulos de cerca de veinte años atrás, sería el modelo alrededor del cual la masa de fans del cómic estadounidense acabaría fusionándose. Tanto en la vida real como en sus aventuras en los cómics, el superhéroe parecía invencible.

Desafortunadamente, quizás reacios o incapaces de alterar las sórdidas prácticas que afearon el medio en el pasado, de absoluta mala reputación, los editores estaban levantando su nuevo e inmaculado edificio sobre cimientos plagados de decadencia. Aunque el conjunto de editores y directivos que dirigían la industria del cómic no parecía poseer ningún talento notable, salvo para engañar a los más dotados con el *copyright* de sus creaciones, timar y, de cualquier modo, acumular dinero; y, a pesar del hecho de que a falta de un desfile explotable de artistas, guionistas y, en general, individuos creativos, toda la industria, los superhéroes y la nueva casa que se acababa de comprar el editor no existirían; a pesar de estas cosas, el negocio de los cómics seguía intimidando, engañando, abusando y alienando de forma rutinaria a las mismas personas de las que dependía. Los negocios y empresas del cómic, iniciados por gánsteres, «casualmente» aplicaron los valores y técnicas de sus ilustres fundadores, tratando a sus creadores con un desprecio impresionante, como si para ellos los hombres y mujeres que habían construido su fortuna fuesen esclavos de plantaciones o alguna variedad de combustible infinitamente reemplazable y, por lo tanto, desechable de forma instantánea. Lamentablemente, una proporción considerable de las personas creativas de la industria pareció interiorizar esta imagen de sí mismos, tal vez por falta de confianza en su potencial comercial sin el atractivo probado de las franquicias de superhéroes *mainstream* en las que estaban trabajando, y aceptaban una lealtad sin queja alguna, haciendo gala de una continua servidumbre hasta que la edad comprometía sus capacidades y eran inevitablemente rechazados por sus empleadores.

Dentro de esa gran multitud de trabajadores estabulados e intimidados en la cadena de montaje de los cómics, solo los creadores raros que conocían su propia valía han desafiado o alejado con éxito a sus torturadores. Como era de esperar, por lo general son los mismos que han hecho más para enriquecer el mundo del cómic. Desde una etapa muy temprana, Siegel y Shuster hicieron público su enojo por haber sido engañados y estafados por su creación *Superman* y otras propiedades relacionadas, aunque no fue hasta la oleada de publicidad que rodeó la primera película de *Superman* en la década de los setenta, en gran parte gracias a la labor incansable del posiblemente verdadero cocreador de *Batman*, Jerry Robinson, cuando por fin DC tuvo la vergüenza de ofrecerles una pequeña pensión a Jerry Siegel y Joe Shuster como agradecimiento por crear toda la industria de los superhéroes. Que dicho estipendio a regañadientes fuese inadecuado se evidencia en la demanda de larga duración que las familias de Siegel y Shuster han presentado contra DC, una demanda que se sospecha es la razón por la cual un programa de televisión que razonablemente podría esperarse que se titulara *Superboy* se haya emitido como *Smallville*. Se podría asegurar que muchos de los esfuerzos de DC para renovar al personaje, junto con sus drásticas revisiones de continuidad aparentemente coincidentes, no se basan en verdaderas razones creativas, sino en la posibilidad de perder la propiedad de ciertas ideas, marcas o personajes en una batalla legal en curso que solo ahora (en 2013) se está acercando a su conclusión, con suerte, satisfactoria.

Obviamente, los creadores de *Superman* no son los únicos talentos en el negocio del cómic que han planteado objeciones a cómo se les ha tratado. En lo que puede verse como una declaración admirablemente sentida y casi poética, el creador de la *Antorcha Humana* en la década de los cuarenta y, por lo tanto, del primer personaje superheroico de Timely-Marvel, Carl Burgos, se llevó sus originales al jardín delantero y quemó todo el lote. A mediados y finales de la década de los sesenta, tanto Steve Ditko como Jack Kirby, cansados de ser pateados por Marvel después de todo lo que estas dos leyendas habían hecho para levantar la empresa, abandonaron el barco y se fueron a trabajar a Charlton o, finalmente, a DC, donde uno sospecha que les fue un poco mejor. En el caso de Jack Kirby, al igual que ocurrió con Siegel y Shuster, su familia ha estado envuelta en una contienda legal con Marvel Comics sobre la propiedad de todos los personajes que Kirby indudablemente creó para la editorial. Dado que nadie en Marvel Comics quiere contemplar cómo se verían todas sus franquicias de películas con los personajes de Kirby eliminados de la ecuación, bien podemos imaginar que ha reunido todo el poder de su departamento legal para evitar que tenga lugar ese escenario de pesadilla.

5

También fue a mediados y finales de los sesenta cuando el grupo de escritores de ciencia ficción y novelistas *pulp* que habían formulado o desarrollado en su mayor parte la línea de superhéroes de DC, como John Broome y Gardner Fox, decidió que realmente deberían tener al menos una pensión o un seguro médico si iba a continuar dejándose el alma en DC. Al ser trabajadores modernos y razonables (y este es un punto importante: estos hombres no eran fans de los cómics, sino profesionales del *pulp* que trabajaban duro y que obtenían un porcentaje significativo de sus ingresos trabajando en el medio del cómic), llevaron sus preocupaciones a la dirección y de forma sensata sugirieron que había que formar un *syndicate* que los representara en las subsiguientes negociaciones legítimas y adultas, momento en el que la dirección les informó de que habían sido despedidos y que ya encontrarían escritores sustitutos para los títulos en los que estaban trabajando. Con su astucia característica, la compañía reclutó dichos reemplazos entre las muy entusiastas filas del *fandom* del cómic estadounidense, atrayendo a toda una generación de escritores-fans que estaban encantados de trabajar con los héroes disfrazados con los que llevaban obsesionados desde que eran niños, aunque aparentemente no les preocupase que al hacer realidad sus sueños de adolescentes ayudaran a dejar sin trabajo a los talentos muy superiores que habían creado los amados emblemas de su niñez infinitamente prolongada. En su mayor parte, tampoco era probable que arriesgaran su nostálgica oportunidad de hurgar en «la caja de juguetes» (tal y como el repertorio de malversados superpersonajes de las principales compañías es conocido a veces entre los entusiastas fans-convertidos-en-profesionales, denominación esta última enarbolada entre los empleados de la industria para responderles cuando les plantean alguna de las preguntas o quejas que llevaron al despido a sus desafortunados predecesores). Este cambio de escritores en activo a fans promocionados revela los inicios de un proceso por el cual los deberes creativos en un título probablemente serán asumidos por alguien que es un devoto admirador de la etapa de algún creador anterior en la serie en cuestión, que completará su trabajo, o diseminará su permanencia en el título con referencias agradables para los fans en lugar de originar los nuevos conceptos que todos los cómics necesitan para sobrevivir. Como resultado, durante algunas décadas de fans haciendo referencias para otros fans que a su vez estaban haciendo referencia a fans anteriores, tenemos entre manos un esquema endogámico que casi supera al de la monarquía europea y que asegura que el producto estará sujeto a debilidades genéticas, acelerará el declive y extinción definitiva de cualquier línea de la que forme parte, y será desmesuradamente estúpido. Y si las *Biblias de Tijuana* tienen razón, puede que hasta tenga dos cabezas.

Por supuesto, a mediados de la década de los sesenta se produjeron cambios en el mundo más allá de los estrechos e insulares confines del negocio de los cómics. Para entonces, los maleantes que aparecían en el libro de los años cincuenta *Bomb Culture* de Jeff Nuttall se habían transformado en *beatniks* y luego en los *hippies* que caracterizarían la contracultura de los sesenta. Tal y como el término indica, esta contracultura hacía gala de un enfoque alternativo de los artefactos y medios culturales, exigiendo diferentes vestimentas, diferentes películas, diferente música, diferentes publicaciones, diferentes estilos de vida e, inevitablemente, diferentes cómics. Aunque surgieron principalmente en los periódicos *underground* de la época como *The San Francisco Oracle* o de la oleada de editores de cómics *underground* que aparecieron en respuesta al seminal *Zap* de Robert Crumb, estos *comix* tuvieron su indudable origen en las añoradas publicaciones de la EC de William Gaines. De hecho, apenas se estaba limpiando la masacre provocada por el Código del Cómic, con el replegamiento de EC y la transformación de la *Mad* de Kurtzman en una revista que intentaba evitar el Código a mediados de los cincuenta, cuando empezaron a surgir los cómics *underground*.

El inteligente y ejemplar Paul Hrassner, cuyo *The Realist* fue quizás la primera publicación *underground* de la época, trabajaba en ese momento en la revista *Mad* y utilizó las instalaciones de Bill Gaines para publicar los primeros números de su revista radical, satírica y mordaz. Hrassner también usó al menos a uno de los principales autores de Gaines cuando convenció a Wally Wood, de estilo inmortal y contrario a la autoridad, para que creara una ilustración que mostrara a todos los personajes principales de Disney en flagrante cópula, un evento conocido como *Disneyland Memorial Orgy*. En esta única imagen vemos muchos de los tropos que aparecerían en las historietas clandestinas de aproximadamente diez años más tarde, en particular la interpretación altamente sexualizada de personajes comerciales deliberadamente asexuales. Lo más notable de la triunfante resurrección del espíritu de

Tijuana por parte de Hrassner y Wood es que Disney, quizás cogida por sorpresa e insegura de cómo procesar lo ocurrido sin tener que afrontar una amplia publicidad negativa, no puso ninguna demanda. Cuando *Air Pirates*, de Dan O'Neill, intentó realizar una variación sobre el mismo tema una década después, la respuesta sería más resuelta y punitiva, puede que porque los abogados de Disney estaban más preparados en ese momento.

En los comienzos del cómic *underground* pronto aparecieron publicaciones pioneras como *Gothic Blimp Works*, *Yellow Dog* y la revista *Zap* de Crumb. Un impulso antisocial, orientado a la violencia explícita, la sexualidad y la crítica del *statu quo*, brutalmente reprimido desde el desafortunado *speech* aguijoneado por el *speed* de William Gaines durante las audiencias de Kefauver, emergía de una forma explosiva, impactante y deliberadamente conflictiva. Aunque los puntales principales del movimiento fueron técnicamente espectaculares y produjeron muchas obras memorables, se podría argumentar que su principal compromiso no era sino la simple diversión y el hedonismo, y que los objetivos básicos de su subversión (dejando a un lado al fácilmente caricaturizable Dick Nixon) fueron las remilgadas y sosegadas tradiciones del propio medio, y la pura tontería asexuada de las instituciones de la cultura dominante y sus queridos iconos. Si bien uno podría experimentar un breve escalofrío iconoclasta al observar una imagen bellamente producida de Victor Moscoso que muestra al *Mr. Peanut* de Planter recibiendo estimulación oral, o la excelente reinvención de Kim Deitch de la mascota de los neumáticos Michelin como el lujurioso y priápico *Tío Ed*, cuestiones más importantes como las de la raza, la clase social o la misoginia se quedaron sin examinar en la mayoría de casos, al igual que cualquier investigación seria de alternativas políticas potencialmente viables. Hubo excepciones como el *Anarchy* de Jay Finney o muchas de las interesantes voces femeninas que publicaron en las páginas de *Wet Satin* o el posterior *Wimmen's Comix*, y uno no desearía descartar como algo casual los visionarios espectáculos de Robert Williams o Dave Sheridan, pero es difícil no darse cuenta de la ausencia de sensibilidades políticas, morales o incluso estéticamente coherentes en las obras *underground*. La única obra genial e importante es la maravillosa *Binky Brown conoce a la Virgen María* de Justin Green, hoy casi olvidada, porque del movimiento *underground* solo han quedado en el recuerdo todas las mamadas, drogas y la proclamación hedonista de estéticas juveniles para conmemorar las contribuciones ocasionalmente gloriosas de sus autores al medio.

La conciencia rápidamente expandida, o al menos alucinada, que caracterizó la década de los sesenta, afectaría al cómic por otros medios que los ejemplificados dentro del *underground* generado principalmente en San Francisco. Los más astutos artistas del cómic *mainstream* como Jim Steranko, tal vez dándose cuenta de que los más grandes innovadores del medio habían introducido ideas originales en un terreno del cómic que iba dando palos de ciego y que solo se preocupaba por sí mismo, ideas que ya se estaban utilizando de forma efectiva en otras áreas de la cultura, comenzaron a tomar prestadas disciplinas de la contracultura como el Op Art, los dibujos para pósteres psicodélicos o las obras de los surrealistas. Los viejos maestros más flexibles como Jack Kirby dejaron que las ideas de los *underground* y los viajes introspectivos y cósmicos contaminaran sus narrativas convencionales y, en los márgenes de la industria, uno de los renegados de la EC, Wally Wood, publicó su inspirador, valiente y experimental *Witzend*, donde aparecía el trabajo de cómics de disidentes coetáneos que transgredían el Código como Reed Crandall, Jim Steranko o Steve Ditko, junto con nuevos talentos que habían empezado a surgir en las fronteras *underground* del medio como Vaughn Bodé, el asistente de Wood, Roger Brand, y el entonces desconocido Art Spiegelman. Incluso el campo de los fanzines especializados en cómic estadounidenses, en su mayoría retrospectivos, se vio afectado por la publicación cada vez más destacada de Bill Spicer / Richard Kyle, *Graphic Story Magazine*, donde los escritos más penetrantes e incisivos que jamás se han visto en el medio se entrecruzaron con pequeños tebeos de Vaughn Bodé o el ferozmente individualista y al ignorado George Metzger, a cuya obra Kyle y Spicer llamaron proféticamente «historia gráfica». Si a esto le sumamos los cómics *underground* realizados para llamar la atención de la mente y la retina, y todo el alboroto cultural, político y social de la época, nos será relativamente fácil apreciar por qué fueron tiempos tan emocionantes, pirotécnicos e importantes para la evolución y mutación del medio de los cómics.

Casi imperceptible en su momento, aunque al final de cierta importancia, la Inglaterra de 1968 vería el advenimiento de su propia escena de fans del cómic cuando el seguidor de la ciencia ficción de diecisiete años y profesional de la industria del tebeo inglés Steve Moore, junto con el fan de los cómics Phil Clarke y el propietario de la primera tienda de cómics y de ciencia ficción del Reino Unido (si no del mundo), Derek «Bram» Stokes, organizaron las primeras Convenciones de cómic del país, aproximadamente en el momento en que fanzines pioneros centrados en el cómic (el *Ka-Pow* de Moore en Inglaterra y el *Heroes Unlimited* producido por el irlandés Anthony Roche) estaban empezando a captar un número de lectores y fans del medio inicialmente aislados y en pequeñísimos grupos. A esas primeras Convenciones del Reino Unido, casi inimaginables desde la perspectiva actual de experimentos híbridos de control mental y ferias comerciales donde el público objetivo cautivo paga para que le inunden de publicidad y donde los cómics son lo último que importa, asistió un grupo diminuto, casi en su totalidad compuesto por adolescentes, de entre cincuenta y cien entusiastas de los cómics. Números tan insignificantes desde la perspectiva de la industria significaban que ninguna de las grandes empresas se molestaría en estar representada y que, en consecuencia, las Convenciones podían seguir siendo un lugar de reunión y discusión en lugar de un sudoroso mercado consumista de ganado depredador que no existe más que como oportunidad de llevar el producto hasta una enorme audiencia carente de sentido crítico en su mayoría.

Lo más significativo de estas considerables diferencias entre las condiciones de los inicios del *fandom* del cómic estadounidense e inglés son probablemente las fechas de su nacimiento. Como hemos señalado anteriormente, el *fandom* estadounidense surgido a principios de la década de los sesenta fue por lo general un acto retrospectivo y nostálgico que se propuso consagrar las creaciones relativamente toscas de la década de los cuarenta como una «Edad de Oro» de los cómics perfecta e insuperable. Por otro lado, el *fandom* inglés se forjó en medio de los fuegos artificiales y la agitación de la era psicodélica de mediados de la década de los sesenta y, en consecuencia, su carácter sería más progresista, radical y con visión de futuro, al menos en las primeras etapas más cruciales e influyentes. Un número sorprendente de talentos que impactarían a la industria del cómic en Inglaterra y en el mundo en general se encontraban entre esa pequeña multitud de aquellas Convenciones primerizas, o entre la lista de contribuyentes a los propios periódicos *underground* del Reino Unido y la escena del cómic que en ese entonces estaba tan estrechamente entrelazada con la actividad de los fans —las oficinas del tabloide *underground* británico *International Times* (IT) se encontraban al lado del prototipo de emporio de cómics y ciencia-fantasía de Bram Stokes, *Dark They Were And Golden Eyed*—.

Aunque los setenta empezaron de manera optimista con material espléndido como la épica cósmica de los *Nuevos Dioses* de Kirby para DC (durante muchos años una influencia no reconocida en *Star Wars* de George Lucas), o los diversos títulos restantes del *underground*, la década se deterioraría rápidamente hasta convertirse en una de las menos inspiradas y más tristemente moribundas de la historia de los cómics, al menos en lo que respecta a los cómics *mainstream* en Estados Unidos. Al principio, los primeros esfuerzos para construir un mercado sin devoluciones mediante una red de tiendas de cómics que para entonces estaba emergiendo lentamente (lo que se conocería como el «mercado de venta directa») parecían prometer material inteligente y más orientado a los fans como los *Nuevos Dioses* de Kirby o similares ofertas experimentales de DC, como el trabajo idiosincrásico y aventurero del Steve Ditko posterior a Marvel, o la inventiva saga neolítica *Anthro* de Howard Post, pero finalmente el resultado fue que estos sugerentes títulos se cancelaron antes de que su potencial se pudiese probar adecuadamente.

Desilusionándose gradualmente al trabajar en una industria donde nunca fue probable verse justamente remunerados por su trabajo, muchos de los talentos más importantes e influyentes del panorama del cómic abandonaron el negocio con enfado o fueron marginados por las principales editoriales de cómic, seguras en su autocomplacencia de que llegarían creadores mucho más prolíficos y explotables en la siguiente hornada. Lamentablemente, no fue este el caso, ya que el último lote procedía de una Norteamérica con expectativas diferentes, valores diferentes y una actitud diferente hacia el arte; en resumen, de una Norteamérica que nadie había visto desde hacía tiempo. Con los artistas más capaces y venerables alejados del negocio del cómic o tan enfermos y cansados de los desmanes de la industria que ya no estaban dispuestos a dar lo mejor de sí mismos, y con los nuevos creadores criados en el *fandom* incapaces de generar algo realmente novedoso, parecía que el cómic entraba en una espiral en caída libre potencialmente fatal. Si bien es cierto que algunos títulos de este período sobresalían por encima del resto del material, dado que estos trabajos eran en su mayoría basura, cualquier logro grandioso era meramente relativo y todavía no había sucedido nada que pudiera revitalizar de alguna forma el medio.

Para empeorar las cosas, a mediados de los setenta se aprobaron nuevas leyes que prohibían la venta de parafernalia relacionada con las drogas, cerrando las *head shop hippies* que habían prosperado en la década anterior y, casualmente, eliminando prácticamente de esa forma el único expositor de los cómics *underground* en Estados Unidos. A excepción de instituciones consolidadas como *Zap*, la mayoría de los *underground* simplemente desaparecieron prácticamente de la noche a la mañana. Su último gran hurra, la asombrosa *Arcade* de Bill Griffith y Art Spiegelman, sirvió casi como un resumen de los logros del cómic *underground*, trascendiendo las limitaciones autoimpuestas del género sobre temáticas como el sexo y las drogas que llevarían a los *comix* a transitar territorios verdaderamente vanguardistas, y allanando el camino para hitos posteriores como la *Raw* de Spiegelman o el ecléctico *Weirdo* de Robert Crumb. Como ha señalado el exeditor de *Weirdo*, el respetable Peter Bagge, después del *underground* aún surgieron algunos cómics excelentes incluso en las postrimerías de esa década letárgica como el excelente *Let Me Out of Here* aunque, como bien da entender este último título, los cómics de la década de los setenta no eran el mejor o más inspirador lugar donde estar.

Sin embargo, en Inglaterra se darían circunstancias ligeramente diferentes. Las infraestructuras del país parecían estar colapsando tanto social, como moral y políticamente, derrumbándose como si se prepararan para echar el cierre cuando llegó Margaret Thatcher al final de la década para terminar de demolerlas. En medio del desempleo, el polvo y los escombros de la época se encontraban las semillas de lo que se convertiría en el movimiento punk, un prolongado aullido, apenas coherente, de justa ira ante las ruinosas circunstancias en que economistas y políticos incompetentes habían dejado Gran Bretaña. En el predecible y casi inalterado mundo de los cómics británicos, este nuevo estado de ánimo se manifestaría a mediados de la década en los controvertidos semanarios de aventuras para adolescentes iniciados por la IPC Publishing, *Battle* y *Action*.

Los dos títulos atrajeron la indignada atención de los defensores del decoro del país, pero eran el resultado de los cambios constantes que estaban teniendo lugar dentro de la industria británica en las últimas décadas. Estaba surgiendo una nueva generación de dibujantes y guionistas, expuestos a las influencias de la riqueza de la vibrante cultura que había estallado al final de la Segunda Guerra Mundial, y empezaron a llamar la atención. Encabezadas por guionistas jóvenes, entusiastas y capaces como el sardónico y satírico John Wagner o el enérgico y políticamente concienciado Pat Mills, *Battle* y *Action* festejaban el amor adolescente por la sangre y el humor combinados, tal como lo había hecho William Gaines en los Estados Unidos veinte años antes y, como la EC, a veces intentaban introducir material más serio entre la sangre y las entrañas. Hay que hacer mención especial al dibujante Joe Colquhoun y al guionista Pat Mills de *La guerra de Charley* serializada en *Battle*, una serie intensa y visceral contra la guerra que, en términos de escritura, arte e impecable evocación de la Primera Guerra Mundial, es similar a las mejores obras maestras publicadas en el *Frontline Combat* de Kurtzman.

Con *Battle* y especialmente la alegre carnicería de *Action* amenazadas por los ofendidos moralistas cristianos, apareció un tercer título con el mismo enfoque y energía que sus dos predecesores, pero esta vez adaptándose al creciente público de la ciencia ficción. En 1976, el año de los Sex Pistols, IPC lanzaría su nuevo y radical título *2000 AD* y pondría en marcha una productiva suma de nuevas creatividades destinadas a ejercer una gran influencia en los cómics tanto en Gran Bretaña como en Estados Unidos. De nuevo, con Pat Mills y John Wagner a la cabeza, hábilmente instigados por algunos de los ya adultos asistentes a esas primeras Convenciones británicas como Steve Moore o el creativamente demente Kev O'Neill, *2000 AD* atraería a una nueva variedad de jóvenes artistas deliberadamente progresistas que habían crecido influidos por talentos locales como Leo Baxendale o Ken Reid, pero que también habían logrado absorber las lecciones todavía recientes de los autores *underground* y, más importante, las últimas dos décadas de cómic estadounidense transportado hasta este país principalmente como lastre en las bodegas de los cargueros.

Los entusiastas del cómic, conocedores y dedicados, lo asimilaron todo, desde *Alley Sloper* hasta *Zap*, abarcando casi ochenta años de las mejores creaciones del cómic en la prensa estadounidense, la línea EC, Harvey Kurtzman y Will Eisner, los *underground*, cómics ingleses y europeos, Marvel y DC y cualquier otro pináculo de los cómics a lo largo del camino. Maestros como el impecable Brian Bolland o Mick McMahon —brillantemente expresivo e influenciado por Jack Davis— se tomarían *2000 AD* como una oportunidad para poner en solfa las habilidades que habían aprendido y la variedad de influencias que habían absorbido con resultados espectaculares y asombrosamente eficaces.

En los semanarios de cómics en inglés, el enloquecido cazador de robots de John Wagner o la parodia totalitaria *Juez Dredd*, así como los *Ro-Busters* o *Nemesis* creados por Pat Mills y Kevin O'Neill, daban la sensación de ser algo nuevo y emocionante, y a pesar del estancamiento en el que parecía haberse quedado la escena de los cómics en Estados Unidos, por primera vez desde hacía mucho tiempo había una atmósfera generalizada de posibilidades que impregnaba el latente mercado británico desde los gloriosos días de Baxendale y Reid de hacía casi veinte años. La rama británica de Marvel Comics, tal vez sintiendo que debía mejorar sus posibilidades frente a la competencia presentada por *2000 AD*, respondió con la renovación de su personaje *Captain Britain* y de las historias generalmente audaces de su título semanal *Dr. Who Weekly*. Aprovechando al máximo el impulso, la revista de cómics independiente *Warrior* debutó en 1980 con una reacción crítica que sugería que la escena del cómic británico, en rápida evolución, había dado su siguiente gran salto.

Mientras tanto, el negocio de los cómics en Estados Unidos todavía atravesaba lo que sería un declive preocupante, aunque gradual. Las principales compañías habían descartado o alejado de los cómics a casi todos los creadores e innovadores con las ideas más productivas, actuando aparentemente con la errónea suposición de que los talentos creativos eran completamente intercambiables, que los Kirby, Wood y Ditko crecían en los árboles y que los reemplazos criados entre los fans, que se abalanzaron en los sesenta sobre el género, demostrarían ser capaces de aportar nuevas y viables ideas en lugar de sencillamente deleitarse en una adolescencia detenida en su pasión por los personajes que amaban de niños. Ninguna de estas suposiciones resultó ser acertada, y las ventas continuaron disminuyendo: durante la década de los cincuenta, incluso los cómics de ventas normales, como *Daredevil*, publicado por Charles Biro, vendían unos pocos millones de copias cada mes, mientras que a finales de los setenta, el cómic de Marvel *Daredevil* (sin relación) vendía menos de veinte mil cuando el título fue confiado a un joven y entusiasta Frank Miller. La aguda sensación de desesperación que impregnaba a la industria estadounidense durante la época quizás pueda juzgarse mejor por las medidas extremadamente desesperadas a las que dio inicio para revivir su decadente fortuna.

Significativamente, el dibujo de los títulos estadounidenses convencionales estaba empezando a parecer mediocre y homogéneo, lo que no sorprende mucho cuando las editoriales importantes (y en esta coyuntura de la década de los setenta solo me refiero a DC y Marvel, todos sus rivales más pequeños que una vez prestaron diversidad al medio habían desaparecido para entonces) animaban activamente a sus artistas a adoptar un «estilo de la casa» blando y uniforme. Quizás considerando tardíamente que esta deficiencia podría tener algo que ver con el deterioro de las ventas, las personas que gobernaban la industria empezaron a buscar talentos más impresionantes en otros lugares. Uno de los problemas que seguía drenando a la nueva generación de dibujantes estadounidenses era que se habían acostumbrado a trabajar solo a lápiz, con la seguridad de saber que las deficiencias de estilo y los arreglos aburridos podrían ser avivados o retocados por el estilo del colorista o por el entintador. En consecuencia, habilidades como dar peso o textura a las ilustraciones aplicando un estilo artístico ganado a base de puro esfuerzo estaban desapareciendo rápidamente, al menos en Estados Unidos. Sin embargo, Filipinas tenía su propia tradición de cómics en blanco y negro, donde la falta de color dejaba humillantemente expuestos los defectos básicos de los artistas perezosos. Como resultado, los dibujantes filipinos habían ideado una rigurosa estética de lujoso embellecimiento y un uso dramático de los negros, logrando una fluidez con técnicas raras veces utilizadas antes y que consumían mucho tiempo, como el sombreado, espléndidamente aplicadas hasta el punto en que se parecían más a planchas grabadas de un maestro del siglo XIX como Gustav Doré. Pero para nuestra vergüenza, en lugar de considerar esta inmerecida afluencia de talentos cautivadores y prolíficos (Rudy Nebres, Alfredo Alcalá o el emocionante Alex Niño) como potenciales salvadores de la industria, los editores y directivos no pudieron evitar repetir sistemáticamente todos los abusos y errores mezquinos que durante tanto tiempo habían hecho que el negocio del cómic fuese sinónimo de medio de segunda categoría y productos juveniles. En lugar de pagarles a estos impresionantes artistas de manera justa por producir un trabajo tan notoriamente superior a cualquier cosa a la que pudiera aspirar el estilo estadounidense, en su mayoría flácido y complaciente, aparentemente se decidió, en un acto de racismo despreocupado y nada casual, que a estos rescatadores de los cómics se les debía pagar cantidades muy reducidas, bastante por debajo de las remuneraciones de los artistas estadounidenses. Sumas astutamente recortadas que se conocen con la encantadora denominación de «tasas filipinas». Uno solo puede asumir que les parecía mal pagar a los filipinos una tarifa superior a la de un empleado doméstico.

Seguramente alentados por este saqueo parcialmente exitoso de la riqueza creativa de otras tierras, la nueva y floreciente escena del cómic en Gran Bretaña sería la siguiente en atraer la atención de los buscadores de talentos estadounidenses capaces de encontrar productos rentables que les hicieran ganar dinero. La hipnótica iconografía de Brian Bolland se utilizaría para perfeccionar una «maxiserie» de DC de doce números y luego, de manera más realista, para una línea de poderosas y fascinantes cubiertas. Le siguió rápidamente el trabajo más estándar de Dave Gibbons, influenciado por los cómics de Estados Unidos. Pero puede que la decisión posterior de experimentar con el medio atrayendo a guionistas británicos fuese lo que más impactara en el futuro de la industria del cómic estadounidense. Aunque ya había escritores imaginativos y dotados, sobre todo el insustituible e incomparable Archie Goodwin, muchos de los guionistas jóvenes más radicales e interesantes del medio en Estados Unidos, como el fallecido Steve Gerber o el elegante e inteligente Steve Englehart, parecían estar acorralados y frustrados por la cultura reaccionaria del cómic que los rodeaba, impidiendo más que favoreciendo su crecimiento y su desarrollo como artistas. Por otro lado, el talento británico que acababa de aterrizar provenía de un entorno en el que la experimentación y la innovación habían obtenido ventas sutanciosas, posiblemente por su mayor libertad de acción. Cuando el riesgo menor de colocar guionistas ingleses en los títulos al borde de la cancelación dio, a pesar de todo, sus frutos con un aumento similar de lectores y pequeños elogios tanto dentro como fuera de los cada vez más estrechos confines de la industria, el experimento y las narrativas dirigidas a un lector adulto parecían ser una estrategia económicamente gratificante. Como resultado, estos guionistas recién aterrizados, si bien no siempre fueron apoyados en sus intentos creativos más salvajes, al menos no encontraron impedimentos para embarcarse en ellos, dejando que sus habilidades evolucionaran y se expandieran hacia nuevos territorios a un ritmo a veces vertiginoso. En 1984, tras un reinado de treinta años, el Código del Cómic fue finalmente descartado, superado por su propia inflexibilidad e incapacidad para hacer frente a las exigencias de una nueva ola de creadores justificada por unas ventas inexpugnablemente crecientes (hacia el final de su mandato, el Código decretó que cualquier cosa dibujada por el dibujante y *bon vivant* Kev O'Neill no podía ser publicada bajo su aprobación). La eliminación de este antiguo impedimento a la creatividad permitió nuevas libertades en la industria, no siempre ejercidas sabiamente, pero todo contribuyó al nuevo panorama del medio, repleto repentinamente de flamante posibilidades.

Esta súbita entrada de adrenalina en los cómics *mainstream* de Estados Unidos pareció coincidir con un emocionante estallido de nueva actividad más allá de los límites de la industria de los superhéroes. Los intentos por establecer en la década de los setenta un nuevo modelo comercial en el cómic como la venta directa, ahora ya por fin se pudieron implementar, con una multitud de tiendas especializadas en Gran Bretaña y Estados Unidos que atendían a un público mayor y, con suerte, más exigente, que conformaba un mercado más entusiasta para una gama más amplia de géneros, formatos e ideas. Esto significó que había empezado a surgir una enorme plétora de lo que se denominó editoriales de cómics alternativos o independientes, lo que dio mucha energía y enriqueció a la historieta. También significó que los supervivientes del cómic *underground* que mejor se adaptaron pudieron volver a distribuir nuevas obras más adultas y elaboradas para acceder a una audiencia entusiasmada, como ocurrió con el *Raw* de Art Spiegelman y Francoise Mouly o el extraordinario *Weirdo* de Robert Crumb, Aline Kominsky y *Pete* Bagge. Con lo que parecía una repentina avalancha de títulos fascinantes y nuevos talentos originales, que van desde las muchas magnificas historietas de la carrera de Crumb en *Weirdo* o el mundo paranoico de Mark Beyer repleto de personas aplastadas en sus esquemas vitales, de nuevo en *Raw*, hasta las emocionantes y diversas delicias del inspirado *Love and Rockets* de los hermanos Hernández, el hilarantemente angustioso *Ed, el Payaso Feliz* de Chester Brown y el «retrojugueteo» de Michael Gilbert en *Mr. Monster*, pasando por las ofertas a menudo pirotécnicas del revitalizado *mainstream*, aparentemente de la noche a la mañana los cómics de los ochenta se transformaron en un lugar emocionante y productivo del que formar parte. Aunque la migración de importantes talentos a Estados Unidos supondría el comienzo de un declive en las principales publicaciones de cómics como *2000 AD*, en Gran Bretaña todavía se podían atisbar signos saludables de vida entre los editores veteranos de cómic independientes, como los nuevos enfoques efervescentes del medio realizados por los guionistas y dibujantes Phil Elliott y Eddie Campbell en las páginas de *Escape*, y el lanzamiento del magazine *Viz*, espléndidamente irreverente y centrado en la cultura moderna que introduciría un fenómeno en el cómic que, treinta años después, se ha convertido en una de las instituciones británicas más importantes y venerables, superando a los cómics de D.C. Thompson a los que comenzó satirizando. El mundo más allá del cómic, que antes lo despreciaba e ignoraba, pareció por una vez estar notando todos estos cambios repentinos y era difícil encontrar un periódico o revista donde no apareciese un artículo titulado (generalmente) «¡Bam! ¡Sock! ¡Crash! ¡Pow! ¡Los cómics ya no son solo para niños!».

Desafortunadamente, mientras usaban estos efectos de sonido onomatopéyicos tomados directamente del programa televisivo de *Batman*, los artículos tendían también a señalar inconscientemente el error de su propia premisa: una mayoría de lectores, muchos del público generalista, y un gran porcentaje de personas que trabajaban en la industria, estaba más contenta con los cómics solo para niños. Debemos enfatizar que al no encontrar nada dentro de los cómics violentos, sexualmente lascivos y desagradablemente adolescentes de la época, los lectores de nueve a trece años para los que la mayoría de los héroes del cómic se habían originado exclusivamente, se habían pasado a otros entretenimientos como las películas o los juegos de ordenador. Específicamente, los «niños» de los años sesenta, setenta y ochenta a los que se hacía referencia se convirtieron progresivamente en lectores de historietas de mediana edad, muchos de los cuales se dedicaban a seguir las hazañas copiadas de algún personaje favorito por razones que se basaban más en la nostalgia que en cualquier capacidad de disfrutar realmente con una serie concreta. A los lectores de ese tipo les hizo felices la idea de que el cómic había alcanzado la madurez en la forma de «novelas gráficas» u otros ornamentos que la industria estaba desarrollando rápidamente, siempre que esto significase que podrían continuar leyendo sus *Spiderman*, *Linterna Verde* o algún otro título que les gustaba a los doce años sin parecer socialmente subnormales. Aparte del pequeño puñado de obras en forma de cómic de la época que se podría concebir como el equivalente a las novelas reales, la nueva noción de que las historietas habían crecido era en gran medida una forma conveniente para que las historietas continuaran produciendo el mismo material de siempre, pero bajo el pretexto de tratarse de material sofisticado y maduro destinado a lectores adultos seudointelectuales. Los editores se apresuraron a recopilar los laberínticos números individuales de sus títulos de superhéroes en forma de «novelas gráficas», lo que significa que los pocos tomos genuinamente dignos se perdieron rápidamente entre una avalancha de basura pueril que acabaría con el incipiente mercado antes de que este tuviese la oportunidad de establecerse adecuadamente en el terreno ajeno de la cultura dominante.

De forma similar, los editores de cómics estadounidenses parecían completamente incapaces de operar de manera distinta al desfile de mafiosos y ladrones de medio pelo que les había precedido. Trataron a los nuevos talentos con el mismo desprecio edulcorado y engañoso con el que habían tratado a cualquiera desde los tiempos en los que Jerry Siegel y Joe Shuster atravesaron sus puertas por primera vez. Incapaces de aprender las lecciones del pasado e intelectualmente demasiado anodinos como para crear un futuro viable, de nuevo los muchachos de las oficinas ascendidos hasta el cielo que en general controlaban el negocio de los cómics lograron alienar por completo el crucial talento del que dependía su nueva respetabilidad inmerecida. Al darse cuenta tardíamente de su error, intentaron replicar el estilo básico y las cualidades superficiales del talento ausente en lo que se vendió como material de vanguardia pero que, a excepción de unos pocos creadores originales y capaces como Neil Gaiman, Warren Ellis o Garth Ennis, no logró generar la misma emoción transformadora ni atraer la misma atención del mundo más allá de la industria del cómic. Con el tiempo, incluso este puñado de talentos genuinos se mudarían a otros medios para siempre, o al menos se trasladarían a una zona del panorama de los cómics lo más alejada posible de las compañías principales.

6

Seguramente, uno de los incidentes relacionados con el cómic más importantes que tuvieron lugar en la década de los ochenta fue la histórica fusión corporativa entre la empresa matriz de DC, Warner Brothers, y el considerable imperio de los *media* erigido alrededor de la revista *Time*. Esta fusión sin precedentes, la más importante de su época, es posiblemente el pilar sobre el que se fundó la Norteamérica corporativa moderna y, por extensión, todo el beligerante mundo empresarial actual. Es interesante apuntar que, según el libro aprobado y examinado por DC de Gerard Jones, *Men of Tomorrow*, la comadrona y artífice de esta fusión colosal y revolucionaria no fue otro que Jack Liebowitz, el antiguo autor intelectual y, abogado legal y financiero de izquierdas, que engrosó el lado oscuro como principal cómplice del empresario supuestamente relacionado con la mafia Harry Donenfeld: el hombre que había ayudado a Donenfeld a arrebatar a dos ingenuos jóvenes adolescentes de Cleveland su propiedad, *Superman*, y así establecer las bases corruptas de toda la industria de los héroes disfrazados. Como si honraran el glamuroso pasado supuestamente conectado con los gángsteres, el acuerdo que selló la fusión se llevó a cabo al estilo de la vieja escuela en la casa de la madre de Frank Sinatra. Tales son los orígenes de las enormes instituciones corporativas que han hecho tanto para hacer de nuestro mundo el lugar que es hoy y que nos han demostrado de forma convincente su comportamiento amoral, traicionero y catastróficamente incompetente, convirtiendo la industria del cómic *mainstream* en la cáscara impotente y sin vida que aparenta ser hoy en día, imagen que se podría aplicar sin problemas a todo nuestro mundo empresarial e instituciones financieras.

En los ochenta, los tiempos avanzaban inexorablemente, y arrastraron consigo al negocio del cómic, que se revolvía contra su destino frenéticamente y de mala gana. A pesar de que la industria había fallado y administrado mal las grandes oportunidades que se le presentaron, algo había cambiado en la percepción general del cómic por parte del público. El mundo de habla inglesa estaba ahora al menos preparado para aceptar que, a veces, el medio del cómic se podía considerar, con absoluta legitimidad, un vehículo digno para el arte o la literatura. A medida que más y más creadores inspirados presentaban sus obras a este nuevo publico en pleno desarrollo, el canon de las narrativas gráficas hasta ese momento se iría ampliando gradualmente hasta que existiera un cuerpo de material maduro que finalmente podría justificar esa exageración de que «los cómics han crecido» que tan fuera de lugar parecía diez o quince años antes. Sin embargo, este cambio sería lento y agotador, porque los principales fabricantes de superhéroes continuarían dominando el mercado del cómic convencional al menos durante la década de los noventa, una década que comenzaría con la inauguración de la línea Image Comics. Un puñado de los autores más famosos y favoritos de los jóvenes fans, que había trabajado en algunos de los superhéroes más vendidos por Marvel Comics para a continuación montar su propia compañía independiente (Image) con gran fanfarria publicitaria, alcanzaría rápidamente unos picos de popularidad que perjudicarían seriamente a las dos editoriales principales que dominaban económicamente el negocio. Lamentablemente, las expectativas revolucionarias que pudiese albergar la gente sobre estos artistas de superhéroes rebeldes duró poco, ya que, por lo general, Image pasó a ofrecer tan solo réplicas virtuales de los títulos que les habían ganado su reputación en la industria del *mainstream*. A veces, en manos de dibujantes que parecían creer erróneamente que también eran guionistas, o que no tenían suficiente capacidad para saber discriminar qué era una escritura adecuada para un cómic, estas réplicas podían parecer incluso más estúpidas, insípidas y extraviadas que el fango que complacía a la multitud que le sirvió de inspiración. Aunque desde entonces Image Comics ha logrado transformarse en una empresa más progresista y amigable con los creadores, el daño que causó a la industria del cómic no se limitó al retroceso estético que representaron sus colecciones.

Las ventas ridículamente infladas de estos primeros títulos

de Image supondrían la entrada de los cómics en el reino desquiciado y descabellado en el que se había convertido el capitalismo desenfrenado desde la caída del Muro de Berlín en 1989, un evento simbólico que en Occidente fue visto como la desaparición del comunismo, único rival del capitalismo, y por lo tanto una buena excusa para dar comienzo a una fiesta de celebración de excesos desenfrenados, desconexión total con la realidad y con la ética en rápida desintegración que se prolongaría durante casi veinte años hasta su lamentable y totalmente predecible conclusión en 2008, con el mundo entero ahora sentado alrededor de la mesa de la fiesta, pálidos de terror y preguntándose cómo hacer para librarse de pagar la cuenta. Un anticipo de esta locura que todo lo consume se pudo ver en el *boom* del cómic de principios de la década de los noventa, donde el gran éxito publicitado de algunos títulos de Image dio lugar a una nueva y presuntamente autodidacta e inexperta raza de especuladores de cómics, que parecía no haber oído hablar de la relación entre la oferta y la demanda en el mundillo, comprando doscientas copias de un cómic con una tirada de tal vez un millón con la ridícula creencia de que alguna vez existiría la suficiente demanda de estos fragmentos de consumo efímero ampliamente distribuidos y poco excepcionales, para que de alguna manera incrementaran masivamente su valor y así poder enviar a sus futuros hijos a la universidad. En la burbuja peligrosamente creciente del negocio del cómic de esa época y su posterior e inevitable estallido, nuestro colapso fiscal contemporáneo se puede ver como un colorido microcosmos lleno de acción. Las empresas nacieron con líneas enteras de títulos mal planteados que existían sin otra razón que surfear la ola del dinero. El desesperado truco se hizo fuerte con movimientos como las cubiertas especiales de edición limitada para distinguir un número del siguiente, ya que no había nada en su contenido, el estilo o la presentación de la obra con lo que poder realizar tales distinciones. Los *crossovers*, tácticas transparentes para hacer que un lector leal y confiado compre todos los títulos de la línea por temor a perderse alguna parte importante de una no-historia ridículamente extensa e incomprensible, se convertirían en la única estrategia de las principales empresas para vender sus productos sin rumbo y sin brillo. Al parecer, el único objetivo de la industria del cómic era despojar de su dinero de la manera más despiadada y efectiva posible a sus confiados y seudoadictos clientes, sin pensar en el colapso y la ruina que seguramente resultarían de estas tácticas rapaces y depredadoras. Por fortuna, trabajando tenazmente en mitad de este frenesí devorador se encontraba ese pequeño pero vitalmente relevante puñado de creadores que había surgido de una u otra de las muchas áreas o épocas más enérgicas del medio, artesanos del cómic de genuino talento con voces individuales y agendas completamente personales que estaban creando pacientemente obras significativas y trabajos duraderos que convertirían el cómic en la forma artística legítima que se merecía ser, independientemente del sonido y la furia del circo de superhéroes inarticulado y potenciado por los esteroides del *mainstream*. El hábil e inventivo narrador Howard Cruse utilizó el cómic para examinar la identidad gay en su magnífico *Stuck Rubber Baby*, mientras que Kim Deitch (uno de los únicos practicantes del *underground* que había explorado adecuadamente las posibilidades de una narrativa expandida) desplegó su visión única y excéntrica en obras como *El bulevar de los sueños rotos*. El columnista y escritor de Cleveland Harvey Pekar, uno de los talentos líricos y esenciales que han surgido en el medio, y que creó casi por sí solo el cada vez más importante género de la comedia autobiográfica o de observación de la vida real en su clásico *American Splendor* de la década de los ochenta, empezó a expandir más sus historias y posó su aguda vista sobre material más desafiante. Peter Bagge, Dan Clowes, Chris Ware, la encantadora y delirante Dame Darcy, el intrépido y encomiable Joe Sacco y el siempre fascinante Chester Brown, junto con una alentadora variedad de otros talentos únicos y comprometidos, empezaron a establecer las bases de una sólida reputación para el medio.

A pesar del pánico, al final de la década de las burbujas especulativas y las convulsiones de la industria *mainstream*, el medio de los cómics fue aceptado como una parte válida de la cultura moderna, sucediendo el encomiable hecho de que muchas obras importantes del medio estaban ahora por fin disponibles en las librerías ordinarias, lo que debilitó aún más el control de los editores de cómics tradicionales en un mercado en rápida evolución. La diversidad del material de las historietas ahora capaz de atraer a una audiencia numerosa impulsaría una gama más amplia de nuevos creadores con novedosas ideas que se vería atraído por el medio, asegurando que las historietas fuesen percibidas como una disciplina capaz de lidiar con temas históricos, filosóficos, de género, sexuales, biográficos y, obviamente, políticos. Desde finales de los ochenta se habían hecho incursiones aisladas en el cómic como un modo de expresión política, con la intrépida Joyce Brabner organizando la colección prosoldados y antiguerras de historias auténticas *Real War Stories* y la sorprendente *Brought to Light*, donde se exponían los desmanes de la CIA. Una década más tarde, el *Palestina* de Joe Sacco y Seth Tobocman con su *World War III Illustrated*, donde aparecía el furioso e incisivo estilo de espray callejero del inspirado Peter Kuper, convertirían el discurso político en un asunto a tener en cuenta en la agenda cada vez más amplia del cómic. Finalmente el medio se estaba convirtiendo en el instrumento inteligente, sofisticado y de utilidad diversa que siempre debió ser.

Pero si inspeccionamos el cómic *mainstream* no parece tan evidente porque, al borde de este nuevo siglo, incluso los aficionados incondicionales de los superhéroes hacia los que se orientaba toda la industria se sienten insatisfechos con productos poco entusiastas, por lo que las ventas siguen menguando. Los dos principales actores del negocio de los cómics se han vuelto cada vez más dependientes de la industria cinematográfica para intentar prolongar la vida de sus productos. Tal vez, como evidencia de que los cómics no habían evolucionado realmente durante la década de los ochenta, sino que acababan de conocer la cultura *viejoven* del *mainstream* retroadolescente que se acercaba en dirección opuesta, el éxito de las franquicias de superhéroes combinadas con las modernas técnicas de CGI fue inesperado y tremendo. DC y su franquicia revitalizada de *Batman* alcanzaron un éxito considerable, atribuible en parte a la muerte de uno de sus actores principales y a la publicidad circundante, pero Marvel Comics lideró claramente el campo de las películas de superhéroes con una espectacular variedad de personajes creados en su mayoría (aunque hay que enfatizar que no eran sus propietarios) por leyendas del cómic verdaderamente talentosas y originales como Jack Kirby o Steve Ditko.

Sin embargo, incluso con los diversos éxitos de taquilla conseguidos, ninguna de las compañías pudo traducir estas películas exitosas en un aumento de las ventas de sus cómics, o al menos no hasta un punto en el que pudieran marcar la diferencia en el mercado en declive de la industria del *mainstream*. Poco a poco se hizo evidente que el único propósito de las grandes empresas no era editar material original y bien hecho, sino actuar como proveedores de posibles franquicias para una industria cinematográfica tan en quiebra en términos creativos y desesperada por ideas como el propio medio del cómic. Peor aún, la mayoría de sus participantes parecen estar convencidos de que las películas de superhéroes, claramente no mucho más que una moda de larga duración, seguirán siendo populares y viables para siempre, desafiando las cambiantes mareas de popularidad y modas a las que se ven sujetos todos los demás géneros. La única base sólida para la industria editorial y cinematográfica de superhéroes pueden ser nuevas e imaginativas historias bien contadas, lo que ninguna de las empresas parece tener la capacidad de generar en la actualidad. Resulta revelador que la gran mayoría de las propiedades de los superhéroes que llegan a la pantalla grande se deriven de títulos que tienen cuarenta, cincuenta, sesenta y setenta años a las espaldas. Podríamos suponer que si las ofertas publicadas en historieta más recientes hubiesen poseído realmente alguna originalidad o energía, también se habrían convertido en películas, pero, lamentablemente, parece no ser así.

¿Dónde, entonces, deja eso a los cómics a medida que nos adentramos en esta segunda década de este nuevo e impredecible siglo XXI? Si nos referimos al monocultivo de superhéroes imperante, parece que se encuentra en una peligrosa situación. Constantemente acosado por demandas de creadores clave de la industria o de sus familias, que, si las compañías de cómics, con abogados potentes pero en lo moral completamente indefendibles, perdieran, privarían de forma instantánea a la empresa de la mayoría de las principales activos que conforman su «caja de juguetes». Basadas por completo en sus personajes franquiciados y nerviosamente conscientes de que ya no poseen la capacidad creativa para generar nuevos recursos ahora que el público se está cansando inevitablemente de sus creaciones del siglo pasado, parece que el futuro más probable para los productos de las grandes empresas del cómic es como publicidad vestigial y trucos de *merchandising* para sus empresas matrices. Cuando el negocio del cine pierda interés en adaptar los cómics y las novelas gráficas, es muy posible que las principales preocupaciones de los cómics *mainstream* se vean relegadas a producir adaptaciones en cómics de la casa del último éxito de taquilla de Warner Brothers o Walt Disney. Lo más probable es que ocurra un poco antes para la decadente DC que para Marvel, pero este destino bien podría sobrepasar a las dos antiguas y gigantescas editoriales de superhéroes en los próximos años.

En cuanto al medio en sí, se podría decir que nunca se había encontrado en una posición más envidiable o empoderada. El arduo trabajo y la inventiva furiosa de los mejores creadores de cómics han dado sus frutos en un nuevo movimiento de respeto por este arte y una audiencia cada vez mayor de adultos inteligentes y exigentes. En el ámbito de las tiras de prensa, después de un largo período en el que prácticamente el único material político constante y de confianza se pudo encontrar en el sublime *Pogo* de Walt Kelly, ahora tenemos impecables caricaturistas políticos del calibre del gran Garry Trudeau o el majestuoso británico Steve Bell, influenciado por *Beano*, como herederos modernos de Gilray. Con el *mainstream* y todos sus «Códigos del cómic» y sus despistadas interferencias editoriales ahora cada vez más irrelevantes, las únicas restricciones acerca de lo que los cómics pueden o no pueden hacer son las que impongan la propia imaginación de los creadores. Las investigaciones llevadas a cabo por el ejército de los Estados Unidos con Will Eisner como consultor técnico demostraron que el medio del cómic es fácilmente el método más atractivo y efectivo para comunicar información vital de manera que el destinatario la retenga y comprenda sin problemas. Personalmente sospecho que esto puede ser el resultado de poner en juego las funciones visuales y verbales del cerebro a la vez, tal y como exige la propia naturaleza de los cómics, pero cualquiera que sea la verdadera razón de esta capacidad, la utilidad suprema de los cómics como instrumento para la difusión y la retención de ideas es tan inmediata como obvia. A diferencia de los medios de mayor tecnología y, por lo tanto, más costosos, la oportunidad de crear cómics está disponible para cualquiera con acceso a un lápiz y una hoja de papel. A pesar de todas las técnicas narrativas deslumbrantes y sofisticadas que han demostrado los creadores más talentosos del medio durante el último siglo o más, el cómic sigue siendo accesible y verdaderamente democrático, y tengo la sensación de que es una forma de arte que aún está dando sus primeros pasos y que se puede esperar que la mayoría de autores, grandes avances y perdurables obras maestras estén por llegar. Dado que en las manos adecuadas la tira de cómic es capaz de casi cualquier cosa que otros medios puedan conseguir y mucho más, seguramente para el joven y aventurero aspirante a artista o comunicador supone un abanico irresistible de posibilidades. Además, ahora que las mujeres han engrosado una parte cada vez más importante tanto del público lector de cómics como de la lista de creadoras de cómics importantes, desde la reveladora Alison Bechdel hasta la íntima y cautivadora Lynda Barry, las restricciones de género que se aplicaban dentro de un negocio de cómics gobernado por hombres blancos cuyas actitudes se encontraban completamente desactualizadas incluso en el siglo pasado, y el enorme poder del medio en sí, ha conseguido que resulte accesible para cualquier persona, de cualquier raza o género, cualquier sexualidad, cualquier preferencia política o espiritual.

Parece fortuito que la narrativa gráfica haya evolucionado hasta convertirse en la herramienta vital y de usos múltiples que es su estado actual, justo a tiempo para el colapso mundial de ideologías, economías y culturas que estamos presenciando en la actualidad y que probablemente habrá sorprendido a todo el mundo. Se podría argumentar que nunca antes nuestro incendiario medio salido de la alcantarilla había sido tan necesario como instrumento exquisitamente evolucionado capaz de permitirnos a cada uno de nosotros una voz voluble e individual en estos tiempos antiindividuales saturados de ruido, simplemente en espera de que cualquiera escoja qué hacer con él y lo utilice correctamente. En el medio del cómic se puede hacer casi cualquier cosa. Podemos burlarnos de los dioses egipcios con cara de póquer. Puede inquietar, tal vez incluso derrocar, a cualquier tirano, como ocurría con el historietista británico David Low que, según se dice, fue uno de los hombres más temidos por Adolf Hitler. Puede informar con una voz clara y memorable en momentos en que la información está restringida o se vuelve inaudible entre el incesante murmullo social. Incluso puede proporcionar un maravilloso parque de aventuras perfecto para desarrollar la imaginación de un niño sano, aunque en realidad lleve sin arrostrar dicha función de manera notable desde los últimos cuarenta años.

La generación actual, la que mayoritariamente (aunque no exclusivamente) constituye una gran parte de los movimientos de protesta modernos, es la primera que ha crecido desde las revueltas del cómic de los ochenta y, por lo tanto, la primera que conoce un mundo donde los cómics son un elemento natural y aceptado del panorama cultural. Puede que sea más evidente en su alegre apropiación de la iconografía del cómic y sus extremadamente visibles *performances* al estilo de un tebeo. Es como si nunca hubiese existido otra generación para la que el cómic sea más adecuado como herramienta o arma eficaz, ni una época de crisis social más capaz de otorgarle al cómic un verdadero sentido de urgencia y propósito. Se podría decir que los cómics fueron creados para interactuar con estos tiempos.

Así que, por supuesto, *ocupemos* el mundo de los cómics. Ocupemos las entradas y los vestíbulos de la industria si tenemos la intención... Ciertamente, la industria del cómic es tan merecedora de este trato como cualquier otro negocio comercial codicioso y sin escrúpulos... Aunque quizás sea mejor dejar que los cómics *mainstream* manejen solos su propia e inminente destrucción, siendo esta la única tarea para la que han demostrado una verdadera aptitud en las últimas siete décadas. Una acción de protesta más positiva y útil podría ser apoyar a las familias de los verdaderos titanes del medio, gigantes engañados como Jerry Siegel, Joe Shuster o Jack Kirby, o a las otras decenas que nunca han recibido una remuneración o compensación justa por sus valientes esfuerzos haciendo frente a estas masivas corporaciones con sus inmensos recursos y batallones de abogados. En lugar de alterar la transacción de los negocios ya afectados de estas enormes empresas, tal vez se podría hacer algo más para que rindiesen cuentas por los setenta u ochenta años de comportamiento vil y reprobable. Si no se consigue nada mejor, puedes estar seguro de que al menos ocuparía la atención de la industria y quizás ayudaría a las personas a las que se les debe ayuda desde hace mucho tiempo.

Una estrategia a largo plazo bastante eficaz podría ser *ocupar* el propio medio. Las muchas glorias originadas por historietas pasadas nunca han sido tan instantáneamente accesibles para el futuro creador de historietas, teniendo en sus manos los medios para empoderarse, para educarse, en una asombrosa variedad de conceptos y técnicas, desde *Little Nemo* hasta *Jimmy Corrigan*. Así armados, con nada más que una página en blanco y una variedad de utensilios para el dibujo, las voces disidentes podrán refinar y difundir sus ideas de manera más amplia y convincente, mientras que al mismo tiempo pueden convertir su protesta en una obra de arte duradera que enriquezca al medio y a la cultura más amplia en la que está imbricado. La tecnología actual ha logrado que la autoedición sea más fácil de llevar a cabo y, además, cada vez existe un mayor rango de editoriales pequeñas y honorables con un enfoque más flexible del nuevo material, lo que permite el acceso a nuevos formatos y conceptos frescos que quizás tengan el potencial de transformar el medio.

En estos tiempos de transición que el medio del cómic y el mundo en general están intentando atravesar, parece como si el futuro estuviese completamente en juego de una forma sin precedentes. Si te importa lo que estás diciendo, si buscas una manera más efectiva de decirlo, entonces coge la pluma, el lápiz, el bolígrafo, el ratón o incluso esa caja de cartón tirada en el callejón y vuelca tu corazón, tu mente, a ti mismo, en tantas pequeñas viñetas como sea necesario para realizar tus declaraciones. Te darás cuenta de que se abren modos de expresión y disensión que antes no habías considerado o ni siquiera imaginado.

Incluso puede que tú mismo encuentres una ocupación.

«Creo que no hay ninguna razón por la que cualquier gobierno no pueda utilizar ambas propuestas al mismo tiempo. Así que, George [Orwell], Aldous [Huxley], tampoco hay necesidad de pelearse: los dos teníais razón»

— La ciencia ficción en los cómics — *Alan Moore* · *Año 2010* ·

Desde nuestra misma concepción como especie, hemos sido un delirante y espeluznante grupo de soñadores, lo que se puede confirmar rápidamente echando un breve vistazo a la mitología clásica o a las leyendas contadas por los ancianos de la tribu. Parece que imaginar seres fabulosos, posibilidades y situaciones que existen más allá de los límites de lo que podemos medir como realidad es uno de los impulsos humanos básicos, una primitiva compulsión por concebir conceptos que nunca han existido y que ha persistido mucho después de habernos convertido en seres más racionales y civilizados. El escritor romano Luciano[*] cuenta cómo su nave fue conducida hasta la luna por una inusualmente vigorosa tromba marina en su falsamente titulada *Historia verdadera*^. Podríamos clasificar el relato como fantástico gracias a un método de transporte lunar incuestionablemente ridículo, pero la también incuestionablemente ridícula idea de Julio Verne de enviar personas a la luna disparándolas con un gigantesco cañón parece haber dignificado desde entonces el término de «ciencia ficción». Está claro que si intentamos buscar una definición precisa, en el mejor de los casos la etiqueta se revela como altamente sospechosa y de límites bastante esquivos.

Por ejemplo, la revoltosa historia de Francis Godwin sobre la visita a la luna por medio de un artilugio tirado por gansos se puede considerar como propia del género de la fantasía, aunque en realidad fue una especie de argucia literaria con coche deportivo de por medio que tenía la oculta intención de seducir a las impresionables señoritas que vivían en Northampton en el siglo XVII[+].

También podemos echar un vistazo a *El progreso del peregrino* (*The Pilgrim's Progress*, 1678) del visionario, puritano

---

* Luciano de Samósata. *(Todas las notas de este artículo son del traductor)*

^ Siglo II d. C

\+ En el original, *fanny-magnet*, define a un coche deportivo que las chicas jóvenes consideran irresistible.

presidiario y *roundhead*[*] John Bunyan, editado en la cercana Bedford tan solo un puñado de décadas después del apogeo de Godwin. Un periplo donde se atraviesan extrañas tierras y donde se habla sobre encuentros con habitantes alegóricos que ha proporcionado una sólida base para las trilogías del género fantástico actuales. Las intenciones de Bunyan eran religiosas y políticas: su obra investiga el futuro forjado después de que Cromwell o un apocalipsis bíblico hubiesen deshecho las impías instituciones y regímenes existentes y en su lugar surgiese una Jerusalén igualitaria. Una feroz obra maestra que hasta la actualidad ha acarreado la inmerecida reputación de aburrido ejercicio repleto de moralidad para catequistas. En realidad, este libro, que muchos de los puritanos que emigraron a Norteamérica llevaban consigo, es casi como una segunda Biblia y ha ejercido una gran influencia en el desarrollo de la imaginación norteamericana. Pero ya volveremos más adelante sobre el tema. Aún así resulta difícil calificarlo como una obra pura de ciencia ficción, porque se editó en mitad de un período y de una cultura donde los conocimientos científicos de los que podíamos alardear eran insignificantes.

No es hasta principios del siglo XIX, época en la que tuvo lugar un enorme avance tanto en ciencia como en ingeniería, cuando nos podemos encontrar algún texto que nos recuerde a la ciencia ficción tal y como muchas personas definen

---

* Nombre que se daba a los partidarios del Parlamento durante la Guerra Civil inglesa.

el término en la actualidad, aunque las obras del género tuviesen sus orígenes en las historias de fantasmas, en la poesía del Romanticismo y en la política radical. A finales del siglo XVIII, Londres había sido bendecida con un puñado de ilustres exaltados literarios y políticos que incluían al pendenciero y angelical William Blake y al rebelde de Norfolk Thomas Paine, cuyo *Los derechos del hombre* (*Rights of Man*, 1791) pronto desencadenaría un fugaz revuelo en Francia y América. En el mismo círculo nos podemos encontrar a Mary Wollstonecraft, que respondió al libro de Paine con su propia obra innovadora titulada *Vindicación de los derechos de la mujer* (*A Vindication of the Rights of Woman*, 1792), junto con el protoanarquista y autor de *Justicia Política* (*Enquiry Concerning Political Justice and Its Influence on Morals and Happiness*, 1793) William Godwin.

La pareja acabaría casándose en 1797, pero un año más tarde Mary falleció solo doce días después de dar a luz, dejando a Godwin una niña, también llamada Mary, a la que tuvo que cuidar en solitario. A los dieciséis años, Mary se fugó (y terminó casándose) con el extravagante poeta de veintidós años Percy Shelley, a cuya esposa, Harriet, las autoridades encontrarían poco después flotando en el lago Serpentine. Los amantes huyeron al extranjero y en 1814 Mary tuvo un bebé de Shelley, una hija que falleció a los quince días. La desconsolada pareja mitigó el dolor pasando unas memorables vacaciones en Suiza con el amigo de Shelley, el poeta Lord Byron, y con la hermanastra de Mary, Claire. Como pasatiempo idearon una famosa competición en la que debían intentar superar al resto ideando la historia más sobrecogedora. Quizás reflejando sus propias penalidades pasadas, así como los miedos relacionados con un futuro industrial y científico que en ese momento estaba empezando a erigirse a su alrededor, la que pronto sería conocida como Mary Shelley ideó la narración titulada *Frankenstein*, y de golpe inventó la ciencia ficción. Para bien o para mal, y a pesar del caprichoso retrato de los gansos de Francis Godwin o la feroz alegoría religiosa de John Bunyan, el descubrimiento del género se debe a esta obra de ficción que admitía a la Ciencia en su seno y que se basaba en conjeturas sobre los caminos por los que el progreso científico podría conducirnos. Con *Frankenstein* también asistimos a la Era Eléctrica encarnada en un rabioso monstruo resuelto a destruir a su creador, lo que claramente se podía entender como un punto de vista «malvado», pesimista y horrendo sobre la ciencia y sus posibilidades, que más tarde también se podría encontrar en todas las primeras obras que aún «no se tildaban de ciencia ficción» y que irían apareciendo en la estela de la novela de Mary Shelley a lo largo de las siguientes décadas del siglo XIX. Incluso Julio Verne escondió su claramente juvenil entusiasmo por el género en sus ficciones repletas de maravillosos buques submarinos y aviones gigantescos, recordándonos seriamente que estos artefactos siempre podían caer en manos de tecnopiratas y exaltados enloquecidos, personajes a los que sospecho que Verne admiraba secretamente.

A diferencia de Verne y su cariño por las aventuras extravagantes, H. G. Wells parecía tener una visión de las cosas más sombría, un desconsuelo que no terminaba de mitigar y que parecía sugerir que la sola investigación de la Ciencia era capaz de abrir cajas de Pandora sin ninguna necesidad de megalomaníacos como el Robur que Verne ideó en las andanzas del Capitán Nemo. Griffin, el protagonista de *El hombre invisible* (*The Invisible Man*, 1897) de Wells, al principio parece un individuo supuestamente bien equilibrado y emocionalmente normal, con una admirable curiosidad científica. En el momento en el que descubre la invisibilidad se convierte lentamente, y parece que de forma inevitable, en un maníaco homicida. En lugar de usar el concepto del viaje en el tiempo como excusa para encontrar una utopía, una declaración que adujese que la Sociedad podría salir beneficiada con el proceso científico, en *La máquina del tiempo* (*The Time Machine*, 1895) el socialista Wells entrega una demoledora visión sobre un mundo en el que los desclasados, los siervos situados en el estrato más bajo de la sociedad donde Wells había nacido, han ido degenerando a lo largo de los siglos hasta convertirse en monstruosos caníbales subterráneos, los Morlocks, que cazan a los aniñados y aristocráticos Eloi. Privilegiados, pero también indefensos y debilitados, estos últimos recuerdan más al tipo de gente educada que frecuentaba las fiestas de jardín a las que Wells era cada vez más aficionado y a las que asistía como celebridad literaria. Después de su horrible visión de lo que le esperaba a la civilización humana, el libro concluye con un panorama incluso más desolador de un futuro mucho más lejano, donde una criatura parecida a una pelota de fútbol se encuentra indefensa en la bajamar de un planeta moribundo. Por otro lado, en *La guerra de los mundos* (*The War of the Worlds*, 1898) Wells reta al lector para que piense que, aún teniendo en cuenta todos nuestros avances tecnológicos, es muy posible que existan otras formas de vida con una tecnología más avanzada, y con tan mala baba como para maltratar, o incluso aniquilar, a los oriundos menos sofisticados que se van encontrando en su camino. Narrada por completo desde el punto de vista de una persona normal que de repente se ve atrapada en mitad del descomunal pánico general desatado por una invasión alienígena, el libro es una de las piedras angulares de la peculiar forma inglesa de abordar el apocalipsis que más tarde también ejemplificarían escritores como John Wyndham, en cuyo oscuro *El d*ía de los *trífidos* (*The Day of the Triffids*, 1951) los horrores no provienen principalmente de las agresivas cosas-planta móviles que dan nombre al título, sino que los causan unos aterrorizados habitantes que han sido cegados de un fuerte golpe. Por lo tanto, en sus primeras manifestaciones la ciencia ficción utilizó un amplio abanico de nuevas ideas para poner en duda las afirmaciones de que todos los cambios científicos nos harían progresar necesariamente hacia un destino mejor y más brillante. En lugar de fomentar la Ciencia, parece que los primeros escritores del género estaban más preocupados por los potenciales y numerosos peligros que podía acarrear.

Seguramente no fue hasta años después del auge europeo del género en el siglo XIX cuando surgió una actitud un poco más optimista y entusiasta hacia la Ciencia en la Ficción.

Fue a principios de 1900 cuando los norteamericanos se aproximaron al nuevo género con un enfoque que ofrecería un nombre que rápidamente se convertiría en definitorio y también dominante gracias a la amplia proliferación de las revistas *pulp* de ciencia ficción norteamericana que florecieron entre 1920 y 1930. Desde entonces se puede decir que la ciencia ficción ha sido predominantemente estadounidense en sus rasgos más esenciales, por lo que me gustaría echar un vistazo más cercano a esta afinidad entre Norteamérica y la ciencia ficción.

A pesar de que durante el *boom* de publicaciones *pulp* de los años veinte el inventor, escritor y editor belga Hugo Gernsback (los premios Hugo de la ciencia ficción son en su honor) acuñaría el término «*Scientifiction*» por primera vez, y aunque por lo general se considera a ese mismo período el del nacimiento de la ciencia ficción en los Estados Unidos, hacer caso de estos datos sería pasar por alto un primer ejemplo tremendamente revelador. En 1910, a Edward Stratemeyer, fundador de una empresa de envío de libros por correo, se le ocurrió la idea de editar una serie de novelas de aventuras protagonizadas por un robusto niño inventor repleto de recursos llamado Tom Swift. El primer libro, *Tom Swift and His Motor Cycle*, lo redactó un escritor de la casa y se publicó bajo el seudónimo colectivo de Victor Appleton, así como la mayor parte de las más de cien novelas que mantendrían la serie con vida. En sus comienzos, Tom Swift empezó siendo el hijo del dueño de la empresa de construcción Swift, un competente mecánico que se graduaría a los pocos números publicados como genio inventor en toda regla, y que para 1954 sería el propietario de Swift Enterprises, con cuatro manzanas de edificios llenos de innovadores inventos de alta tecnología.

Joven, endurecido y poseído por la actitud incansable de que «todo se puede hacer», no resulta difícil darse cuenta de que Tom Swift encarna a los Estados Unidos, o por lo menos emula la imagen que la propia nación tenía de sí misma. Sin embargo, vista desde un prisma contemporáneo, esta aventura norteamericana posee muchos menos elementos atractivos de los que ofrecía superficialmente el emprendedor niño inventor: su criado negro, «Rad» Sampson, suele ser objeto de bromas racistas, y además compite celosamente con el gigantesco guardaespaldas sudamericano de Tom, Koku, por recibir las alabanzas de su maestro. Los empleados de Swift Enterprises son obedientes abejas obreras trabajadoras que laboran felizmente todo el día para su joven jefe, un patrón claramente antisindicatos. Los personajes judíos son por lo general retratados a base de esterotipos que bordean el antisemitismo, mientras que los inventos del personaje principal son frecuentemente impulsados y puestos en práctica por el ejército o por los adinerados clientes de Swift Enterprises con un absoluto desprecio por las implicaciones morales o medioambientales o, de hecho, por nada excepto lo que conlleve ganancias económicas o serva a los intereses de Estados Unidos. Tom trata los recursos del planeta como presa legítima del hombre que sea lo suficientemente imaginativo como para explotarlos sin escrúpulos, y no pertenecen a nadie más que a este (aunque puede que también Norteamérica entre en la ecuación), y por eso mismo, en *Tom Swift and His Electric Rifle* utiliza sus inventos para matar elefantes y recoger su marfil, o planea usar los yacimientos que encuentra para construir su Desintegrador Atómico Mundial con el que cosechar todo el mineral de hierro del centro de la Tierra, a pesar de las protestas internacionales. Cuidadosamente descrito como un saludable macho alfa que no duda en usar sus puños y cuyo genio científico es en su mayoría innato y autodidacta, sin necesidad alguna de aprender leyendo todos esos libros para afeminados, Tom Swift también exhibe un antiintelectualismo que representa muy bien a las administraciones conservadoras norteamericanas, desde los años de Nixon hasta la época de Ronald Reagan y George W. Bush.

Más allá de lo que podamos sugerir que representan Tom Swift y la cultura que lo generó, nuestro interés principal en el aventurero se sustenta en que supuso un presagio sobre la nueva disposición de ánimo y la novedosa agenda que marcaría Norteamérica en la ciencia ficción, reemplazando todo el condenado pesimismo Europeo por la visión incandescente del mundo que el ingenio científico pondría a nuestra disposición. Por el contrario, los primeros inventos de Tom Swift fueron relativamente prosaicos, por lo que tendríamos que esperar hasta los años cincuenta antes de que el personaje empezase a alternar con extraterrestres en *His Flying Lab*, pudiendo así argumentar que la creación de Stratemeyer marcaría la pauta y sentaría las bases para la explosión de una *scientifiction* más reconocible y colorida que haría aparición tras la publicación de las *Amazing Stories* de Hugo Gernsback en 1926.

La imperecedera fe de Gernsback en que era factible alcanzar un futuro eficiente y confortable utilizando el típico saber hacer estadounidense parece cristalina desde su primer intento para el bisoño género. *Ralph 124C 41+*, su narración publicada en 1911 en la revista *Modern Electrics*, tiene valor incluso en la actualidad, porque se centra en un ciudadano del futuro que consume píldoras como comida y viaja utilizando una variedad de coches voladores. El serial numérico del apellido del personaje es una interpretación fonética de «*one to foresee for one more*», que en realidad no significa nada ni tiene sentido, aunque hasta cierto punto anticipe los mensajes de texto actuales.

En la formulación de Gernsback sobre cómo podría ser la vida dentro de unos cuantos siglos no hay nada parecido a las preocupaciones sociales que se pueden ver en *La máquina del tiempo*. En su lugar se hace hincapié en otros ingredientes, fetichizando los elementos científicos de la ficción y la tecnología insólitos para convertirlos en el tema principal alrededor del que gira toda la narrativa, que ya no es el sencillo dispositivo que les permitía a H. G. Wells o a Mary Shelley explorar ciertas ideas que previamente habían resultado poco accesibles. Los autores que siguieron inmediatamente a Gernsback disponían ahora de un mercado en rápida expansión donde editar su obra compuesto por las revistas *pulp* de ciencia ficción que florecieron tras la estela de *Amazing Stories*, muchas de ellas calcadas de la tibia visión del futuro de Gernsback, donde la ciencia ha hecho retroceder los límites de lo imposible.

E. E. «Doc» Smith, creador de la saga *Lensman* en forma de *space opera*, escribió el primer tomo de su héroe en algún momento entre 1915 y 1920, pero tuvo que esperar hasta 1927 y la reciente aparición de la revista *Amazing Stories* (su primer número estaba repleto de reimpresiones de algunas historias clásicas de Verne, Wells y Poe a falta de material nuevo y original) a que algún editor quisiera lanzarlo. Abraham Merritt, que más tarde sería conocido como autor de fantasía exótica, debutó en la ciencia ficción publicando en *Amazing* ese mismo año, mientras que 1928 sería testigo del *Armageddon 2419* de Philip Francis Nowlan, donde se daría su primer paseo el aventurero del futuro Buck Rogers.

Al quebrar en 1929, Gernsback vendió *Amazing Stories*, aunque más tarde (ese mismo año) volvió al negoció como editor de *Science Wonder Stories* y *Air Wonder Stories*. En 1930 ambas se fusionaron en la única *Wonder Stories*, que contaría con *Una odisea marciana* de Stanley Weinbaum, y dos juguetonas historias protagonizadas por duros astronautas pertrechados de rayos láser escritas por Edmond Hamilton. Además, fue en 1930 cuando vio por primera vez la luz el *Astounding Stories* del editor Harry Bates, escaparate de las obras *space opera* de Murray Leinster y Jack Williamson, que adquirió una gran repercusión por su traslado de los argumentos típicos del Oeste al espacio, donde sustituyeron las diligencias por cohetes y los cheroquis por los hostiles habitantes de Neptuno. Su fama duró hasta que John W. Campbell se puso al cargo de *Astounding* en 1938 y empezó a impregnar a estas historias con una base científica más amplia, aunque en esencia siguieran siendo *space operas*.

La *space opera*, normalmente ambientada en una época futurista donde unos Estados Unidos más potentes habían empezado a extender su benigna influencia por todo el sistema solar, se convirtió en el modelo predominante de la ciencia ficción norteamericana hasta finales de los cuarenta, momento en el que empezó a publicar una nueva y quizás menos complaciente generación de creadores como Philip K. Dick. Pero antes, a lo largo de más de veinte años el campo de la ciencia ficción norteamericana estuvo dominado por las heroicidades de la mochila cohete cayendo en picado que acarreaba el *Buck Rogers* de Nowlan o el *Lensman* de Smith, toscos pioneros que se aventuraban más allá de las estrelladas fronteras sin límites, libres de las ataduras de la ética o de las leyes de la física. El entusiasmo con el que Estados Unidos acogió el género me lleva a formular una pregunta capital: en lugar de Historia, ¿no será Ciencia Ficción lo que tiene en realidad Estados Unidos?

Cuando la mayoría de naciones quieren estimular su identidad nacional, quizás más que nunca en épocas de penuria, suelen apelar a las reservas históricas o mitológicas de la nación. Por ejemplo, en Gran Bretaña los líderes recapitulan rutinariamente el espíritu del país frente al Blitz, o la historia de Winston Churchill o la del rey Arturo para intentar persuadirnos de que aceptemos cualquier cosa que no nos va a agradar demasiado, como los recortes en el gasto público o un costoso conflicto con un país extranjero. En efecto, lo que la mayoría de naciones intentan comunicar es «mira hasta dónde hemos llegado». Por el contrario, Norteamérica solo tiene unos escasos dos mil años de antigüedad y una breve historia que en su mayoría se basa en el genocidio y la esclavitud, que por lo general requieren correr un tupido velo en lugar de ser aireados a los cuatro vientos. Ausentes de mitos o folclore y sin reservas históricas que explotar, ¿no estará Estados Unidos utilizando en su lugar los futuros proyectados de la ciencia ficción para airear un «mira todo lo que podemos llegar a ser» a todo el mundo?

Después de todo, esta nación se fundamenta de una forma más literal en sus proyecciones, sueños y esperanzas de un «Nuevo Mundo» que la mayoría del resto de países, empezando por sus refugiados escapados de la Guerra Civil inglesa, continuando por los familiares de Benjamin Franklin y George Washington, que llegaron allí desde Northampton, y prosiguiendo por los puritanos que se inspiraron en *El progreso del peregrino* de Bunyan para buscar una Nueva Jerusalén donde sus más fervientes creyentes se pudiesen realizar por completo. Con las miras puestas fijamente y desde el principio en el futuro, las visiones de una predestinada Tierra Prometida en ese nuevo país, al alcance de todo el mundo, eran inicialmente religiosas y tenían a Dios como causa de todos sus milagros. Sin embargo, a finales del siglo XIX y principios del XX empezó a hacerse cada vez más evidente que la mejor oportunidad que tenía Estados Unidos de evolucionar recaía en la ciencia y en la industrialización en lugar de en la intervención divina. Hasta cierto punto, Dios había sido reemplazado en las fantasías de la nación como única fuente de milagros. Sus habitantes empezaron a preguntarse qué podía ser ese célebre aplasta-átomos, y sin embargo, de forma inversa, pareció que la religiosidad y el milenarismo empezaron a expandirse y a tener en cuenta la ciencia que se dejaba ver en los relatos de ciencia ficción. En los Estados Unidos actuales, cuando la nación más científicamente precoz del planeta está enseñando creacionismo en los programas de Ciencia de los colegios de Kansas, las tensiones entre el puritanismo que se aferra al Dios del pasado y los anhelos por la utopía tecnológica de Hugo Gernsback se han hecho mucho más evidentes.

Se podría decir que en 1945 culminó la afinidad de Estados Unidos con la ciencia ficción y el Apocalipsis bíblico, justo en el momento en el que se lanzaron las normalmente conocidas como «bombas atómicas» sobre Hiroshima y Nagasaki, causando una devastación tan terrible que hizo que la ira que cayó sobre Sodoma y Gomorra pareciese una minucia en comparación. Podemos constatar que las bombas atómicas eran armamento de ciencia ficción manifestándose en la vida real si repasamos la obra de John W. Campbell, que había publicado una fantástica descripción de un arma cebada mediante la fisión nuclear en su *Astounding Science Fiction*, revista que se basaba en la ciencia de forma rigurosa y que se estaba publicando justo antes del bombardeo de Hiroshima. El autor quedó desolado, y además fue interrogado por unos agentes muy nerviosos del FBI. Irónicamente, el amanecer con forma de hongo nuclear de la Era Atómica que había inflamado tantos sueños optimistas en la ciencia ficción, también atenuaría, al menos durante un par de décadas, la dominación del medio por parte de la *space opera*, porque parecía que había dado comienzo una invasión de nuevas voces disidentes, como la del debut el año 1949 de Philip K. Dick para *Planet Stories*, el entrañable *magazine pulp* lleno de artilugios antigravedad y atractivas jovencitas. Fue también a finales de los cuarenta cuando en algunos países se empezaron a ver réplicas de cosecha propia del esplendor del *pulp* de ciencia ficción norteamericano, empezando por el *New Worlds* de John E. «Ted» Carnell en Inglaterra, que dio su pistoletazo de salida en 1946. Más tarde se convertiría en el hogar de jóvenes escritores radicales como J. G. Ballard y el estimable Michael Moorcock, uno de los primeros y más importantes ejemplos. Aunque apuntar que la calidad artística o de las ideas vertidas en este círculo internacional de ciencia ficción es enormemente importante, desde sus inicios tan solo fue una reacción al mercado estadounidense, más comercial y exitoso. Tom Swift se seguía publicando, y en gran medida el género seguía siendo un fenómeno netamente norteamericano.

De todas formas, comparado con el pasado, el paisaje de la ciencia ficción norteamericana de los cincuenta parecía un terreno incómodo y sombrío, quizás por todas las dudas que se habían generado en parte por el aplastamiento sistemático de las dos ciudades japonesas unos años antes, y en parte por la paranoia creciente que desembocó en la caza de brujas e inquisición anticomunista del senador Joe McCarthy. Esta nueva disposición de ánimo resalta mucho más si nos fijamos en las películas, en los *comic-books* y en los programas de televisión de la época, porque la propia literatura de ciencia ficción parecía reacia a abandonar los amoríos interestelares y volver su mirada hacia los temas y eventos que estaban ocurriendo en su propia casa. Dicho esto, incluso la *space opera* de los cincuenta se decantaría por un enfoque más sociológico, pasando a preocuparse en mayor medida por las culturas alienígenas imaginarias que por los cohetes que permitían visitarlas, permitiendo así reflejar y parodiar la sociedad terrestre con elaboradas historias sobre extrañas civilizaciones que medraban entre las nebulosas. De forma adicional, la década fue testigo del nacimiento de nuevos talentos resueltos a ampliar la definición de lo que era ciencia ficción, o de lo que podía llegar a ser.

Por ejemplo, el año 1950 dio la bienvenida a la publicación de *Crónicas marcianas* (*The Martian Chronicles*) de Ray Bradbury, con varias fábulas que refulgían como joyas y que intentaban empujar la ciencia ficción hacia espacios tan conmovedores y encantadores como la poesía. Al año siguiente, la historia de Philip José Farmer titulada *Los amantes* (*The Lovers*), con sus exploraciones interplanetarias donde el protagonista se sentía atraído por una planta imitadora extraterrestre que se moría por mantener relaciones físicas con él, puede que se convirtiese en la primera muestra del género que se tomaba el sexo completamente en serio, siendo objeto de una tremenda controversia. En 1952 se editó *El hombre demolido* (*The Demolished Man*), de Alfred Bester, donde la *space opera* tradicional alcanzaba nuevos hitos de estilo, experimentando su autor con la forma de escribir de un modo que prefiguraba la Nueva Ola de ciencia ficción que haría aparición unos quince años más tarde, mientras que en 1953

Ray Bradbury regresaría con *Fahrenheit 451* (la presunta temperatura a la que las páginas de los libros entran en combustión), el informe narrativo de un futuro en donde la quema de libros es de lo más común y que introduciría el concepto de ciencia ficción distópica en el mercado norteamericano, tan tradicionalmente optimista, una noción que para entonces ya era bastante familiar en la escena europea. En 1954, el libro de Leigh Brackett *The Long Tomorrow* impulsó dicha tendencia considerablemente más lejos en lo que bien podría ser la primera novela de ciencia ficción posnuclear. Un par de años más tarde aparecería *Las estrellas, mi destino* (*The Stars My Destination*, también conocida como *Tiger! Tiger!*) de Alfred Bester, haciendo avanzar la experimentación en la forma de escribir, sello habitual del autor, y detallando la sobrecogedora leyenda del astronauta Gully Foyle y su «excursión».

James Blish parecía más abiertamente convencional en su *Un caso de conciencia* (*A Case of Conscience*) de 1958, donde se consideraban cuestiones religiosas planteadas por un periodista interplanetario del calibre de «¿tendrán alma los alienígenas?». Al año siguiente, la década experimentó un magnífico cierre con la novela de Walter M. Miller titulada *Cántico por Leibowitz* (*A Canticle for Leibowitz*). Este potente trabajo maravillosamente convincente combinaba las preocupaciones duales de Norteamérica sobre la celosa religiosidad del pasado y el incierto futuro basado en la ciencia a través de una consistente descripción de un yermo posapocalíptico donde los monjes católicos aislados en colonias trabajan pacientemente en manuscritos iluminados y decorados con fórmulas y diagramas de circuitos, sin apenas comprensión de lo que estas reliquias prerruptura podrían haber significado alguna vez o lo que podrían significar cuando llegasen a desvelarlos.

En el resto de medios donde se manifestaba la ciencia ficción, se manifestaban preocupaciones incluso más sombrías y perturbadoras. En la magnífica línea de cómics de la EC editada por William M. Gaines aparecían vistosas adaptaciones de Ray Bradbury junto a memorables historias de género con finales sorpresa que a veces trataban temas como el racismo o el holocausto nuclear, mientras que en la televisión el hipnótico programa de Rod Serling titulado *En los límites de la realidad* (*The Twilight Zone*) asumía un enfoque similar que hacía referencia al ancho espectro de ansiedades y anhelos del subconsciente norteamericano. Puede que fuese la mirada más franca que se ha echado alguna vez sobre la mente colectiva del público estadounidense. Lo mismo parecía ofrecerse en las películas de ciencia ficción de la época, en su mayoría ejercicios de paranoia escasamente maquillados. La versión original de Don Siegel de *La invasión de los ladrones de cuerpos* (*Invasion of the Body Snatchers*), realizada en 1956, servía como metáfora de la insidiosa introducción del comunismo en el país, tal y como fue percibido en la era McCarthy: al igual que le ocurre a la gente-vaina de la película, el vecino que te cruzas por la calle también podría haberse convertido en comunista y sin embargo seguir pareciendo la misma persona. Si lo observamos desde otro prisma, dado que lo más ofensivo que hace la gente-vaina parece ser permitir que sus barrios se vayan a la mierda, dejando baches en las carreteras y basura sin recoger, y basándonos en la denuncia realizada por el *Daily Mail* de que la inmigración podría afectar los precios de la propiedad en cualquier momento, puede que la película también representara la antipatía generalizada hacia los inmigrantes de cualquier tipo, fuesen blancos pobres, negros o hispanos.

Por el contrario, en la película de 1951 del director Robert Wise *Ultimátum a la Tierra* (*The Day the Earth Stood Still*) se sugería que los visitantes del espacio bien podrían haber evolucionado en mayor medida que los humanos y ser más compasivos que nuestra especie, revelando en cada encuentro que el verdadero monstruo es la Humanidad. Mucho menos reflexiva pero involuntariamente igual de reveladora era la película de 1957 *El asombroso hombre creciente* (*Amazing Colossal Man*) del director Bert I. Gordon, centrada en un hombre que se veía expuesto a la radiación nuclear para crecer a continuación hasta alcanzar una altura tan monstruosa que solo se puede vestir con lo que parecía un gigantesco pañal. El hecho de ser calvo le daba la apariencia de un bebé de cien pies de alto incapaz de comprender por qué de repente ya nadie quería ser su amigo o incluso andar cerca de él. Herido por este rechazo absolutamente incomprensible, el enorme crío radiactivo entraba en trance y se lanzaba a una gran carrera de destrucción vestido con un taparrabos. No es muy difícil darse cuenta de los paralelismos con los propios Estados Unidos, un país que (hablando en términos históricos) seguía en pañales cuando consiguió la bomba atómica, y se convirtió de repente en la nación más grande y poderosa del planeta, por no mencionar que también en la más temida. La película de Gordon se puede interpretar como una reacción tardía de Norteamérica al bombardeo nuclear de Hiroshima y Nagasaki, y resulta interesante ponerla en paralelo con el primer *Godzilla* del director japonés Inoshiro Honda, rodado para la Toho en 1954, porque se vislumbran mimbres bastantes parecidos: una metáfora involuntaria de la propia relación de Japón con el poder nuclear. Las primeras películas de la serie mostraban sin ningún atisbo de ambigüedad al saurio protagonista como encarnación del destructivo poder de la energía atómica, una entidad capaz de exhalar fuegos radioactivos y que podía pisotear ciudades enteras. Sin embargo, en las últimas entregas, realizadas después de que Japón modificase su actitud sobre la energía atómica, *Godzilla* es amistoso, capaz de comunicarse y convivir junto con otros monstruos amigables en la Isla de los Monstruos, siempre listos para proteger su hogar cuando se ve amenazado por fuerzas extranjeras. La ciencia ficción, que siempre había sido un mágico espejo de cristal con el que conjurar visiones de futuros idealizados, parecía reflejar las posibilidades más oscuras y problemáticas, por lo menos en parte. Fuese como fuese, la optimista versión de la *space opera* que imaginaba un alegre Estados Unidos de brillante futuro siguió siendo puntera durante todo este período, perfectamente ejemplificado en el efecto del género en la industria del diseño a lo largo de los cincuenta. Aunque la Era Espacial no empezaría oficialmente hasta la siguiente década, era bastante obvio que en los cincuenta el diseño norteamericano aspiraba a alcanzar las estrellas: solo había que ver las majestuosas aletas de cola de los emblemáticos automóviles de la época que recordaban claramente a los cohetes de *Buck Rogers* y *Flash Gordon* y que parecían extraídos de las ficciones y predicciones de las dos décadas anteriores. Estados Unidos estaba intentando proyectarse hacia el estado futurista que Hugo Gernsback y Tom Swift habían prometido, pero cuando finalmente llegó la Era Espacial, era mucho más extraña y desconcertante de como la habían descrito los dibujantes en las portadas de *Amazing* o *Astounding*. Durante 1957, la Rusia soviética triunfó al lanzar el Sputnik I, el primer satélite artificial del planeta. Superados al no alcanzar la meta deseada que Estados Unidos imaginaba suya, y además por los grandes enemigos sobre los que el senador McCarthy había despotricado con tanto éxito que los había convertido en demonios, los norteamericanos se quedaron tan alarmados como (hasta cierto punto) traumatizados ante la idea de que el espacio se llenase de comunistas. Por supuesto, al año siguiente se lanzó el Explorer I norteamericano, pero cuando por fin llegaron los sesenta y el primer vuelo espacial de 1961 tripulado por el cosmonauta ruso Yuri Gagari, el mundo de la imaginación norteamericana, y por consiguiente de la ciencia ficción de toda la nación, se había convertido en un lugar más inseguro y extraño.

También publicado en 1961, el libro *Forastero en tierra extraña* (*Stranger in a Strange Land*) de Robert Heinlein quizás fue el primer signo de que algo estaba empezando a cambiar. La obra del escritor siempre ha parecido más de derechas que la de la mayoría de sus contemporáneos, o por lo menos es lo que dan a entender obras como *Tropas del espacio* (*Starship Troopers*), imperialista sin remordimientos, que Paul Verhoeven convirtió recientemente en una película que juguetea con los límites directamente fascistas de la misma, logrando imbuirla de un magnífico efecto satírico. Sin embargo, a través del salvaje personaje de *Forastero en tierra extraña*, Heinlein ofrecía un documento protojipi tan fascinante como bizarro, fuertemente influido por la asociación que por entonces el autor tenía con Jack Whiteside Parsons, el brillante científico espacial, mago, fan de la ciencia ficción y acólito de Crowley, además de por la relación que ambos mantenían con el escritor de ciencia ficción y fundador de la Cienciología, un tal Lafayette Ron Hubbard. Protagonizada por un mesiánico héroe nacido en Marte que proclamaba el amor libre y que formaba un culto compuesto principalmente por mujeres jóvenes, sus ideas místicas presagiaban la contracultura que surgiría cinco o seis años más tarde, así que quizás no resulte demasiado difícil concebir que el libro se convirtiese en una de las fuentes de inspiración de Charles Manson, responsable de los asesinatos del caso Tate-LaBianca, quien bautizaría con el mismo nombre que el del personaje principal de Heinlein, Valentine Michael Smith, a uno de sus retoños.

Dentro de la escena de ciencia ficción de la Inglaterra de 1962 se podían escuchar dos voces muy diferentes, aunque inquietantes: J. G. Ballard, que se había fogueado a base de magníficos relatos cortos para la revista *New Worlds* de Ted Carnell, publicaría *El mundo sumergido* (*The Drowned World*). Terrible y evocador, más preocupado por las nuevas y aberrantes psicologías que por los paisajes alterados que podía producir, fue el primero de los muchos y maravillosos apocalipsis de Ballard, donde inundó, desecó o infectó el planeta con una epidemia de cristalización que se propagaba por la superficie de plantas, personas y animales, tal y como ocurría en *El mundo de cristal* (*The Crystal World*, 1966). Mientras tanto, Anthony Burgess sacaba a la luz *La naranja mecánica* (*A Clockwork Orange*, 1962), donde Alex, sociópata y antihéroe consciente, hablaba una especie de «slang» llamado «nadsat» (en realidad una deformación del idioma ruso) mientras él y sus colegas (o «drugos») mataban, asesinaban y arruinaban todo lo que se les ponía por delante en su periplo por una enmarañada Gran Bretaña futurista. Era un pasaje muy diferente del que incluso los escritores más pesimistas de los Estados Unidos podían ofrecer aunque, por otro lado, esta idiosincrasia probaría ser extremadamente influyente en la Nueva Ola de la ciencia ficción norteamericana que estaba a punto de hacer aparición en la década siguiente.

En 1964, y también en Inglaterra, Ted Carnell dejó su puesto como editor en *New Worlds*, designando a Michael Moorcock como su sucesor. Radical, tanto políticamente como en su forma de escribir, Moorcock entendía la ciencia ficción como un vehículo para la ficción experimental modernista, y bajo su mandato transformaría *New Worlds* en la revista de ciencia ficción más excitante y avanzada que se había visto nunca, al menos en mi opinión. Diversos autores como Ballard, Moorcock, M. John Harrison, Barrington Bayley, Michael Butterworth, John Sladek, Carol Emshwiller y el singular Jack Trevor Story ampliarían los límites del género con un material que, a menudo, a duras penas se podía reconocer como «ciencia ficción».

Durante el proceso redefinieron el género hasta convertirlo en algo que, bajo el punto de vista de J. G. Ballard, era el medio definitivo capaz de representar adecuadamente la realidad de la época. Esto casi se convirtió en el lema de lo que, a veces de forma mordaz, sería nombrado como Nueva Ola. En Norteamérica, la excelente antologista y escritora Judith Merril expandía el concepto que surgía en Estados Unidos sobre el género con sus eclécticas recopilaciones tituladas *Year´s Best*, que de forma intencionada incluían piezas de la reinona yonqui y escritor de la generación *beat*, además de usuario de la tremenda técnica experimental del *cut-up*, William Burroughs, o del miembro fundador de The Fugs, el poeta Tuli Kupferberg. En 1966 Philip K. Dick, tergiversador de la realidad durante años con libros como el que editó en 1962 con argumentos que se preguntaban «¿qué habría ocurrido si el Eje hubiese ganado la guerra?» titulado *El hombre en el castillo* (*Man in the High Castle*), editaría su *¿Sueñan los androides con ovejas eléctricas?* (*Do Androids Dream of Electric Sheep?*), una novela que más tarde sería adaptada de forma bastante endeble en la película *Blade Runner* (Ridley Scott, 1982). Ese mismo año Michael Moorcock hizo girar las cabezas de muchos con *He aquí el hombre* (*Behold the Man*), el relato, tan chocante ahora como cuando se publicó, sobre un viajero del tiempo que regresaba a la Galilea del primer siglo para investigar cuánto había de verdad en la pasión de Cristo, lo que provocó que a muchos críticos les pareciese un acto de blasfemia. En 1967 el pionero e incendiario escritor norteamericano Harlan Ellison —autor de relatos como *No tengo boca y debo gritar* (*I Have No Mouth and I Must Scream*), *«¡Arrepiéntete, Arlequín!», dijo el señor Tic-tac* (*"Repent, Harlequin!" Said the Ticktockman*) y *Quebrado como un duendecillo de cristal* (*Shattered Like a Glass Goblin*), historias en las que incluso los títulos eran inolvidables— recopiló una básica e innovadora antología de relatos de la Nueva Ola, *Visiones peligrosas* (*Dangerous Visions*), donde se daban cita historias ejemplares de autores de ciencia ficción norteamericanos como Fritz Lieber o el esplendorosamente deslumbrante Samuel R. Delaney. Un año más tarde, el prolífico Michael Moorcock empezó a escribir la saga de su ambiguo y cambiante Pierrot del Apocalipsis, Jerry Cornelius, con *El programa final* (*The Final Programme*). Claramente, la psicodélica ciencia ficción de los sesenta estaba experimentando las mismas acometidas lisérgicas que se sentían en toda la cultura occidental y el resultado era de lo más creativo y, sin duda, de lo más glorioso.

En retrospectiva, nos podemos dar cuenta de que casi parecía inevitable que se produjese un retroceso. La insistente actitud de «libertad de la palabra» de la Nueva Ola, especialmente si nos fijamos en el tratamiento que hizo de asuntos tabú como el sexo y la sexualidad, provocaría reacciones extremas de sus detractores. El libro de Thomas Disch, maestro de la revista *New Worlds*, titulado *Campo de concentración* (*Camp Concentration*), con sus reclusos elevados al nivel de genios tras sufrir una infección por parte de una cepa alterada de sífilis, fue objeto de una gran controversia cuando se editó en 1968. Al año siguiente, *Incordie a Jack Barron* (*Bug Jack Barron*), donde Norman Spinrad detallaba los esfuerzos faustianos (y, en parte, la vida sexual) de un ícono de los medios de comunicación en un inquietante futuro cercano, sería tan aclamado como reprobado. El lector de ciencia ficción de finales de los sesenta y principios de los setenta estaba a menudo maliciosamente polarizado por el debate de «la Nueva Ola contra la vieja guardia», siendo mayoría la arraigada vieja guardia, y por lo tanto la que acabaría prevaleciendo. Es como si los seguidores del género tuviesen el poder de decidir que el punto de vista de la Nueva Ola, fracturado, caótico y psicológicamente inestable, en consonancia con los tiempos que corrían (incluso aunque se hubiese demostrado que dicha evaluación era desconcertantemente exacta), no era la resplandeciente visión del futuro que querían en realidad.

Parece que la campaña para restablecer la ciencia ficción como un futuro intergaláctico tranquilizadoramente brillante empezó a desarrollarse en 1966 con la primera temporada de *Star Trek*, justo en mitad de todo el meollo *hippie*. A pesar de destacables episodios escritos por referentes de la Nueva Ola como Harlan Ellison, la serie marcó un brusco giro hacia la grandiosa y conservadora tradición de la Norteamérica espacial de los veinte y treinta, al menos en comparación con las extrañas series de ciencia ficción de la televisión inglesa que, entre otras, ofertaron desde mediados hasta finales de los sesenta títulos como *El prisionero* (*The Prisoner*) de Patrick McGoohan, que con su desconfiada actitud hacia el gobierno y sus cambiantes niveles de realidad, parecía más otra tentativa de la Nueva Ola. Algunos de los talentos más radicales del género siguieron publicando trabajos notables durante los setenta, los ochenta y más allá, y la mayoría de autores rehusaron reconocer ningún límite, por lo que su obra no era clasificable como ciencia ficción: las novelas de J. G. Ballard *La isla de cemento* (*Concrete Island*), *Crash* y *Rascacielos* (*High-Rise*), centradas en contemplar la alienación en lugar de fijarse en los detalles de la vida urbana moderna, son un buen ejemplo. Con sus mayores innovadores descartados o marginados, la definición de lo que era ciencia ficción se fue contrayendo gradualmente hasta volver al estado «*space-operístico*» de los tiempos de la preguerra.

Parecía que el anómalo período experimental del género había llegado a su fin, resultando más evidente en el cine de ciencia ficción de la época que en ningún otro sitio. En 1968, la alucinada *2001, Una odisea del espacio* (*2001: A Space Odyssey*) de Stanley Kubrick se celebró como una película inteligente y de vanguardia, una obra Nueva Ola, aunque adaptase una historia del más tradicional Arthur C. Clarke. Las películas de ciencia ficción de principios de los setenta, menos celebradas, incluyeron grandes retazos de pesimismo y distopía en sus temáticas. La excelente *Solaris* de Andrei Tarkovsky, de 1972, basada en la novela del ingenioso e inteligente ruso Stanislaw Lem[*], mantenía un toque decididamente Nueva Ola, tanto si

* Sic: en realidad es polaco.

hablamos en términos de ciencia ficción como cinematográficos. En *Almas de metal* (*Westworld*) de Michael Crichton (1973), nos dábamos cuenta de las deudas contraídas con *Frankenstein*, además de preocuparnos por estar sometiéndonos a la ciencia y la tecnología, mientras que en la enormemente subestimada *Zardoz* (1974) de John Boorman, nos topamos con una narrativa inventiva y surrealista que a menudo se convierte en algo maravilloso... Inmortales seniles arrastrando los pies y babeando en una fiesta de té eterna... Sin duda, podría haberse publicado directamente en el *New Worlds* de la época en la que Michael Moorcock estuvo al mando. Ese mismo año, el mismo *The Final Programme* de este autor sería convertido en película por el estilista visual Robert Fuest, con Jon Finch como Jerry Cornelius y Jenny Runacre como la villana proto-Margaret Thatcher de Moorcock, Miss Brunner. Aunque fuese comprensiblemente ridiculizada por el escritor como una adaptación repleta de afectación de su muy superior libro, *The Final Programme* es una película de ciencia ficción mucho más progresista que el cine de ciencia ficción contrarrevolucionario que pronto se estrenaría a continuación. Aunque apenas es capaz de innovar en las interpretaciones o en su contenido, *La fuga de Logan* (*Logan´s Run*), de 1976, casi tuvo que parecer vanguardista en los doce meses que quedaban para la llegada de la primera (o puede que la cuarta) incursión de George Lucas por su carnívora franquicia, *Star Wars*.

Lucas, que (aparentemente) en principio quería hacerse con los derechos del aventurero espacial Flash Gordon para rodar una serie de películas, sirvió un caldo recalentado de lo que parecía una sopa de ciencia ficción de la vieja escuela compuesta por todo aquello de lo que había oído hablar alguna vez, y al hacerlo se aseguró de que el medio fuese devuelto al nivel simplista y triunfal de las primeras incursiones americanas en el género. Su película era ciencia ficción fundamentalista, prácticamente renacida*, y obviamente cuadraría de forma perfecta con la administración ultraconservadora de Reagan que ocuparía el poder dos años más tarde. El propio Reagan trataría a la pudorosamente adolescente *Star Wars* como una fuente sin fin de metáforas e inspiración, casi hasta el punto de que alguien podría sospechar que se hubiese dormido a mitad de la cinta y se hubiese despertado para asumir que ya estaba lo suficientemente informado como para poder gobernar. De acuerdo con las más recientes informaciones aportadas por Rusia, durante su mandato presidencial, cuando el mundo estuvo más cerca de la aniquilación nuclear de lo que cualquier persona normal estaría dispuesta a creer, Reagan etiquetó a la Unión Soviética como «el Imperio diabólico» y avivó las ya considerables tensiones internacionales con el anuncio de que Estados Unidos iba a embarcarse en un programa de escudos de defensa basados en misiles, tecnológicamente inviables, que se bautizó como «Star Wars».

Anteriormente, la ciencia ficción y los asuntos militares y de la agencia de inteligencia norteamericana se habían

* Referencia a los cristianos fundamentalistas renacidos.

solapado en algunas ocasiones... Por ejemplo: el extraño y lírico escritor Cordwainer Smith había trabajado en la Oficina de Servicios Estratégicos, precursora de la CIA, con el nombre de Paul S. Linebarger... Pero sería la gran afinidad que Ronald Reagan (y más tarde George W. Bush) sentían por la creación de George Lucas lo que uniría ciencia ficción y realidad de forma dolorosamente obvia, materializando de paso la percepción del género como proyección de un futuro de ensueño. En realidad, la conexión entre la ciencia ficción y el futuro militar norteamericano se estableció en los años cincuenta con la fundación de DARPA (Defence Advanced Research Projects Agency)*. Creada cuando la nación aún se seguía recuperando del *shock* producido por su derrota por Rusia en la carrera espacial tras el lanzamiento del Sputnik I, DARPA estaba destinada a garantizar que Estados Unidos siempre fuese un paso por delante mediante la investigación activa y el desarrollo de ideas que previamente estuvieron confinadas en los dominios de la fantasía. Entre los proyectos más recientes de DARPA está la iniciativa, subcontratada a empresas privadas, de desarrollar un equipo de perros-robot cazadores. Además, otra de las investigaciones en las que se encuentra trabajando DARPA en la actualidad es en un sistema robótico autorreplicante conocido como SELF

* Agencia de Proyectos de Investigación Avanzados de Defensa.

(Self-Explanation Learning Framework)*, que en teoría podrá producir autómatas capaces de elaborar nuevas versiones mejoradas de sí mismos, e incluso modificar su propio diseño mientras se autorreplican. En julio de 2008 apareció la noticia de que habían logrado construir un robot de combate que se podía desplazar ingiriendo materia orgánica. Algunas de las objeciones que se les trasladó a DARPA consistían en si el artilugio no sería capaz de comerse soldados muertos o quizás civiles que no hubiesen sido capaces de escapar a la suficiente velocidad, pero las rechazaron asegurando que en realidad su máquina de guerra era un gentil herbívoro. Añádelo en la lista de los visionarios remotos o de los enloquecidos y burbujeantes intentos de crear supersoldados «Jedi» narrados en el original libro de no ficción de Jon Ronson *Los hombres que miraban fijamente a las cabras* (*The Men Who Stare at Goats*) y quedará bastante claro que la estrecha relación de Estados Unidos con la ciencia ficción lleva teniendo lugar desde hace varias décadas, impregnando tanto su política exterior como la interior, y no siempre con propósitos completamente bienintencionados.

En cuanto a estilo o contenido, los escritores se han ido refinando y, aunque ausente de la política o agenda cultural de un Michael Moorcock o un Harlan Ellison, las tendencias

* Estructura de aprendizaje autoexplicativo.

actuales han terminado generando nuevas modas en lugar de convertirse en una Nueva Ola en toda regla, como la que inundó Estados Unidos e Inglaterra en los sesenta con el propósito de redefinir el género por completo. Por ejemplo, la espléndida inventiva de William Gibson en *Neuromante* (*Neuromancer*), publicado en 1984, combina las tecnologías novedosas de su época en torno a los ordenadores personales e internet con ideas extraídas de la mitología y las fábulas de una forma que hace pensar en las obras de ciencia ficción de los sesenta del autor Roger Zelazny, en cuyo *El señor de la luz* (*Lord of Light*, 1968) nos ofrecía un panteón de dioses hindúes fabricados o recreados por medio de tecnología avanzada. Aunque muchos de los progresos más novedosos del medio han sido completamente ideados por Gibson, *Neuromante* registró para siempre la etiqueta «ciberpunk» que, como otros términos como «novela gráfica», se podría sospechar que ha sido acuñada para mayor comodidad de algún departamento de publicidad. Aunque bajo la ondeante bandera del ciberpunk emergieron muchos nuevos autores tan gratificantes como notables del estilo de Lewis Shiner o Bruce Sterling, el fenómeno no intentó transformar radicalmente la ciencia ficción, y puede que lo que hiciese no fuese más que proveer un nuevo escaparate para el género. Lo mismo se podría decir de variaciones posteriores como el *steampunk*, una actualización de la época victoriana bajo la textura de la ciencia ficción que, hasta cierto punto, se inspira en la obra de Michael Moorcock o en el *Morlock Night* (1979) de K. W. Jeter. En lugar de cuestionarse la propia forma tipificada, como sucedió durante el apogeo de la revista *New Worlds*, sus innovaciones fueron en su mayor parte estilísticas y de contenido. Tampoco es una crítica despiadada de las excelentes obras que emergieron en todos estos subgéneros, sino un simple comentario sobre su falta de actitud, que de esa manera dejó que el dominio de la ciencia ficción por parte del bloque conservador permaneciera inalterable.

Uno de los fenómenos perceptibles que se puede encontrar en la ciencia ficción de los setenta es su aceptación gradual como género digno a considerar por autores que, por lo general, eran más conocidos por su obra literaria de ficción. Doris Lessing lleva empleando en su obra recursos propios del género desde hace muchos años, aunque no sea considerada autora de ciencia ficción, y lo mismo ocurre con la inspirada Angela Carter: mientras que su primera novela *El doctor Hoffmann y las infernales máquinas del deseo* (*The Infernal Desire Machines of Doctor Hoffman*, 1972) poseía numerosos elementos de ciencia ficción, parece que su verdadera intención era explorar cualquier tema literario sin restringir de ninguna forma su extraordinaria imaginación. Con sus primeras novelas —*Las sirenas de Titán (The Sirens of Titan*, 1959), *Cuna de gato* (*Cat´s Cradle*, 1963) y *Matadero cinco* (*Slaughterhouse-five*, 1969)—, Kurt Vonnegut podría encajar en una categoría similar, porque solía introducir referencias con un guiño de complicidad en los clichés establecidos del género, a menudo a través del imaginario escritor de ciencia ficción *pulp* Kilgore Trout. El escritor Russell Hoban experimentaría con los escenarios de un apocalíptico mundo futuro en su hipnótica *Dudo errante* (*Ridley Walker*, 1980). Margaret Atwood metería a la ciencia ficción en un laboratorio en su elaborado experimento feminista *El cuento de la criada* (*The Handmaid's Tale*, 1985), y en su segunda novela titulada *Pasos sobre cristal* (*Walking on Glass*, 1985), Iain Banks usaría un relato de ciencia ficción en uno de los niveles de intersección de realidades de uno de sus libros, antes de evolucionar (ya como Iain M. Banks) hacia la *space opera* compleja, inteligente y desvergonzada de sus novelas donde se desarrolla «La Cultura».

Aunque todos los ejemplos anteriores podrían haber estado confortablemente integrados dentro de la rúbrica «ciencia ficción» en los días más flexibles y de límites más difusos de la Nueva Ola, como consecuencia de la contracción forzosa del género hasta casi pasar a convertirse únicamente en ficción intergaláctica en la estela de *Star Wars*, es muy probable que estos autores sean percibidos más como escritores «serios» que han intentado juguetear con las posibilidades del género que como autores que empezaron su carrera en sus confines. En consecuencia, en la era post-Lucas, los escritores que podrían haber engrosado la última categoría como Moorcock, Ballard o el ferozmente individualista M. John Harrison, serían progresivamente considerados novelistas que trabajan en los límites de las estrechas fronteras del medio. Lo más seguro es que incluso la suprema *neo-space-opera* de Harrison *Luz* (*Light*), de 2002, se tomase como el desvío por el camino de la ciencia ficción de un autor de narrativa convencional en lugar de la evolución completamente lógica del hombre que había escrito *The Machine in Shaft Ten*. Al igual que ocurre con otros extravagantes talentos como el de uno de los colaboradores de este mismo *Dodgem Logic*, Steve Aylett, que se encuentra tan lejos de los restringidos límites de la ciencia ficción que prácticamente ha sido descalificado. Lo mismo ocurre con la mayoría de autores citados anteriormente y a los que se les considera escritores serios. Escritores que podrían contribuir a extender la salud del género y completarlo.

Condiciones similares parecen aplicarse en cine y televisión, con tantos programas y películas utilizando al azar elementos de ciencia ficción que el género se ha convertido en una masa difusa, lo que hace difícil precisar qué material podría ser clasificado como ciencia ficción y cuál no. La serie *Firefly* de Joss Whedon se encuadra claramente en el lado *mainstream* del género, pero ¿qué hay de otros líos sin desenmarañar seudo-Marvelitas como *Héroes*? ¿Qué demonios se supone que es *Perdidos*? Dado que lo que ocurre en ella sucede en una sociedad más o menos irreconocible donde todas las leyes de la probabilidad son diferentes, ¿está *24* destinada a catalogarse como ciencia ficción? ¿Qué hay sobre el drama de prisión gótico y gay de *Oz*, con sus drogas experimentales de envejecimiento (y los efectos paralizantes que sobrevienen cuando dejas de tomarlas)? Parece que la ciencia ficción se ha convertido en una especie de decorado, un accesorio, iluminación ambiental que alumbra de forma torpe cualquier tema desgastado, otorgándole un barniz reluciente, novedoso y moderno. Echa un vistazo a *The Sweeny** con el filtro de

* Serie policíaca de la televisión inglesa de los setenta.

ciencia ficción activado, y estarás viendo *Life on Mars*. Haz lo mismo con *La isla de Gilligan* y estarás contemplando *Perdidos*.

En ese material que se entiende incuestionablemente como ciencia ficción, lo que una vez era innovador parece estar siendo reproducido en situaciones inverosímiles más «realistas» mediante la aplicación de una capa de suciedad y textura superficial. Probablemente esta tendencia comenzase en 1973 con la absurda e increíble *Estrella oscura* (*Dark Star*) de Dan O´Bannon y John Carpenter, donde el desasosiego de su chiflado equipo de demolición espacial embarcado en una misión de veinte años de duración se va incrementando cada vez más en el interior los desordenados rincones de su oxidada nave estelar. Seis años más tarde, en 1979, el guionista Dan O´Bannon se llevaría parte de esa claustrofobia a la primera película de la franquicia *Alien*, de Ridley Scott. Las películas de *Alien*, claramente de género, resultan muy interesantes si se revisan aplicando nuestra tesis de que la ciencia ficción representa la vida soñada por Estados Unidos, particularmente la segunda entrega militarista de la serie, *Aliens*, de 1986. Desde el mismo título, toda la saga parece estar gobernada principalmente por la xenofobia, y no resulta muy difícil ver los paralelismos que tiene la actitud militar estadounidense con las culturas extranjeras en los ocasionales diálogos de los marines espaciales de *Aliens*. La misión es una «gran cacería» con el objetivo de aniquilar a los xenomorfos (o «formas alienígenas») protagonistas del título, un término que presumiblemente se podría aplicar sin problemas a los amarillos o a los moros*, o a cualquier otro enemigo al que se tenga la intención de deshumanizar y describir como un insecto para que su exterminio parezca menos cruel. La sugerencia de que la forma más segura de tratar con los agresivos *aliens* es «atomizarlos desde la órbita» fue posiblemente una premonición de las recientes estrategias de bombardeo desde «grandes alturas» responsables de muchas de las desgracias provocadas por el «fuego amigo».

Otra reciente incorporación a la escuela de oscuridad y claustrofobia de Dan O´Bannon podría ser la reestructurada serie de televisión *Battlestar Galactica*. Devuelta a la vida como una valiente reimaginación de la premisa original a lo «Bonanza en el espacio», a mitad de su recorrido la serie parece estar intentando reflejar tópicos habituales como «la guerra contra el terror» o «los abusos de Abu Ghraib en Irak», metáforas que prueban ser incapaces de sostener por sí mismas la trama y que definitivamente son abandonadas por un literal *deus ex machina*: «Ha sido la voluntad de Dios», cerca de su final. En la serie se comprueba de primera mano la tensión producida entre el proyectado futuro científico y las confortables certezas religiosas del pasado puritano que tipifican en gran medida la contribución norteamericana al género, y que posiblemente expliquen mejor por qué el mayor fenómeno que se ha producido en la narrativa de ciencia ficción

---

* En el original «*rag-heads*», término racista para referirse a los árabes.

norteamericana durante los últimos años haya sido la serie *Desaparecidos sin rastro* (*Left behind*), una descripción desde el fundamentalismo cristiano de la vida de los que son «dejados atrás» y que tienen que hacer frente a los horrores de una Tierra postapocalíptica en la que la decente gente cristiana ha sido conducida al cielo en el «Rapto» (un medio de transporte extraterrestre que en términos de precisión científica, se podría comparar favorablemente con el carruaje lunar tirado por gansos de Francis Godwin).

Por lo tanto, ¿qué es ciencia ficción en la actualidad? El exámen de dos recientes películas podría resultar muy instructivo. Parece que en la historia que cuenta *Avatar* de James Cameron, un espectáculo visual y técnico aparentemente impresionante, presenciamos el desarrollo sin paliativos de la idea de los «vaqueros en el espacio»: si la película de Peter Hyams de 1981 *Atmósfera cero* (*Outland*) era el *Solo ante el peligro* (*High Noon*, 1952) estelar, *Avatar* podría ser el equivalente de esas películas revisionistas de la época de los setenta en plan «quizás nos equivocamos bastante al exterminar a los indios», con Vietnam como telón de fondo. Me refiero a películas como *Soldado azul* (*Soldier Blue*, 1970) y *Pequeño gran hombre* (*Little Big Man*, 1970). Como si hubiese surgido una repentina punzada de conciencia cinematográfica en mitad de un período de expansión militarista en el mundo real, la ciencia ficción se utiliza esta vez de forma conservadora, como una especie de bálsamo. La otra película reciente de ciencia ficción que me gustaría examinar es la adaptación del libro de Cormac McCarthy *La carretera* (*The Road*, 2009), realizada por el director John Hillcoat, en donde constatamos que la inventiva americana que conocíamos llega al final del camino y se detiene y se despeña al intentar conseguir sus objetivos. Si escudriñas este incómodo futuro cercano, te darás cuenta de que su intención no es poner en solfa la ensoñación de Gernsback sobre píldoras alimenticias y coches voladores, ni siquiera es una *space opera* sin fin con interesantes formas de vida que seguro que nos podríamos encontrar en otros planetas, sino que nos fuerza a pensar sobre nuestras perspectivas para hacer que la vida sea sostenible en el planeta en el que estamos viviendo. Nuestra visión de la ciencia ficción, nuestra historia proyectada en el futuro, ha ido disminuyendo hasta convertirse en un bebé ensartado en un palo en medio de un entorno que ha colapsado de forma irremediable. Afrontémoslo y seamos realistas: nunca vamos a inventar la tecnología Warp, ¿vale?

Aún así, aunque las esperanzas que puso la ciencia ficción en futuros interplanetarios sin límite parecen haber estallado justo en la plataforma de despegue, sus ideas y aspiraciones resuenan aún en la pueril imaginación de los líderes que controlan nuestros destinos. Por mucho que las locuras arquitectónicas habitualmente espantosas que se ciernen en nuestro moderno horizonte urbano a menudo no parezcan inspiradas en los conceptos genuinamente vanguardistas que debería haber alcanzado una sociedad avanzada, la nostalgia por los paisajes urbanos de *Dan Dare* o *Buck Rogers* auspiciados por los que se dedican a planificar las ciudades hace evidente su infantil retroceso.

Según avanzamos por nuestro moderno siglo XXI, que tan excitante y tan futurista nos parecía anteriormente, parece que los cansados conceptos de la ciencia ficción son la única forma de explicar nuestro entorno progresivamente inseguro e intentar trazar nuestro camino venidero, aunque aquellas primeras e inocentes nociones se hayan vuelto claramente inadecuadas.

Por lo general, basar nuestra realidad en la ciencia ficción parece un fenómeno netamente norteamericano, pero no solo se limita a los Estados Unidos, o ni siquiera al mundo occidental. Consideremos por un segundo al antiguamente occidentalizado *playboy* de altos vuelos de origen saudí llamado Osama Bin Laden, conocido por su afición a la lectura de libros de ciencia ficción en su desaprovechada juventud. ¿Sería entonces factible que hubiese basado su personaje en el brillante genio con visión de futuro Harry Seldon, estrella de la trilogía de la *Fundación* de Isaac Asimov, que tuvo la precaución de grabar las direcciones por las que guiaría a sus seguidores siglos después de su muerte? Quizás si recordamos que el término árabe *Al Qaeda* significa «la base» o «la fundación», la idea no suene tan descabellada.

Finalmente, por si quedaba alguna otra duda sobre las sospechosas ideas e ideologías norteamericanas de comienzos del siglo XX, la ciencia ficción sigue impregnando y se filtra por la cultura que nosotros y nuestros seres queridos nos esforzamos por sacar adelante, así que deberías tener en cuenta lo siguiente: si tú o uno de tus descendientes os encontráis entre la multitud de manifestantes que están sitiando otra de esas poco convincentes cumbres climáticas mundiales en una fecha futura, y sois incapacitados por una pistola aturdidora esgrimida por un policía antidisturbios demasiado entusiasta, recordad mientras estáis convulsionando tranquilamente en una piscina formada por vuestra propia orina que acabáis de tener un encontronazo con un *táser*. Este encantador instrumento, que dispara contra la víctima un cable-guía armado con un pequeño arpón en uno de los extremos y le aplica un poderoso voltaje eléctrico para someterla, fue concebido por primera vez en las conmovedoras aventuras del cazador de marfil de ojos luminosos completamente ficticio Victor Appleton. El TÁSER es un acrónimo de *Thomas A. Swift´s Electric Rifle*. La «A» fue un añadido para que sonase más ágil que «TSER».

Tal vez mis últimas palabras tengan que ser las de la primera plana redactada por Kenneth, el enormemente cándido becario que forma parte de la, por lo general, hilarante comedia satírica de Tina Fey *30 Rock*: «Creed en las estrellas». ¿Qué otro significado podríamos buscar en ellas?

Creed en las estrellas.

«La única educación sexual que recibí provenía de los chistes guarros que se contaban en el patio del colegio. Cuando tenía doce años me las arreglé para absorver una cantidad alucinante de desinformación sexual»

— Una reflexión sobre la pornografía — *Alan Moore* · *Año 2006* ·

Tanto si lo debatimos desde un punto de vista personal como desde uno paleoantropológico, sería acertado comentar que los seres humanos empiezan jugueteando consigo mismos. Nuestra mejorada tecnología de escaneo revela que la mayoría de nosotros comenzamos una vida de masturbación cuando aún seguimos en el útero y, si rastreamos en nuestra cultura los primeros artefactos que demuestran que existía una cultura como tal, nos encontraremos entonces frente a una pechugona de cabeza de tapacubo, con tetas y culo tallados amorosamente en piedra caliza, descubierta en una excavación arqueológica auriñaciense en un pueblo al noreste de Austria conocido como Willendorf.

Si nos fijamos en los increíblemente prolíficos días en *Weirdo* del imponente Robert Crumb, descubriremos que bautizó al creador de la primera Venus de Willendorf como *Caveman Bob*, un paria neurasténico de gran parecido con el propio Crumb, perpetuamente cachondo, agazapado en su cueva y masturbándose con la mujer-fetiche de enorme culo que acababa de confeccionar: era el *Homo erectus*.

Lo que con toda probabilidad intentaba indicar Crumb era que mientras que ella bien podría haber funcionado como un objeto mágico para inducir la fertilidad, y aunque ante nuestros ojos modernos se erija como un ejemplo de la génesis prehistórica del arte, la *Venus de Willendorf* era un objeto de excitación para su creador, algo con lo que cascársela en la era de la edad de piedra, pornografía primordial. También podría estar diciendo que, si rastreásemos la cultura hasta sus orígenes, nos encontraríamos con que su instigador fue un obsesivo y obsceno acosador y un masturbador compulsivo parecido al propio Crumb, o a mí mismo, o a ti, o —si somos verdaderamente honestos— a cualquiera de nosotros.

Sea de forma individual mientras se encuentran en el útero o como esa nueva especie recién bajada de los árboles que habían estado compartiendo con sus primos hermanos los bonobos, los seres humanos descubrimos muy pronto que la autoestimulación sexual es una fuente de gran satisfacción, casi única en nuestra experiencia como mamíferos, ya que se podía realizar fácilmente y, a diferencia de casi el resto de actividades primitivas, sin riesgo de ser mutilado o devorado. Además, era factible realizarla de forma totalmente gratuita, lo cuál bien podría ser un factor importante en los posteriores intentos de la sociedad por regular la imaginación sexual, una idea sobre la que volveremos más adelante.

Por supuesto, eso no quiere decir que toda nuestra sociedad sea el resultado directo del onanismo crónico, aunque puedo entender que alguien llegue a dicha conclusión. Más bien indica que ese impulso que nos impele a utilizar la pornografía lleva con nosotros desde que los pulgares se volvieron oponibles, y que, regresando al principio de nuestro experimento bípedo, nos parece una parte natural de la vida, uno de los elementos más agradables de la misma, y una de las temáticas completamente naturales para nuestros protoartistas.

Para que esto no sea visto como un refuerzo a la opinión de que la pornografía es en su totalidad la búsqueda propia de un neandertal, quizás deberíamos fijarnos en la antigua Grecia y los frisos eróticos que adornaban sus centros cívicos, como la figura de mármol magníficamente esculpida del dios Pan violando muchas de nuestras convenciones actuales, con una cabra cachonda y todo.

Imágenes por el estilo se podían ver claramente como obviamente adecuadas para el mobiliario urbano, pinturas con algunos aspectos de la existencia de los mamíferos que todos los mamíferos conocían totalmente y con las que se sentían bastante cómodos, y de las que nadie, desde la niña más pequeña al sacerdote más piadoso, necesitaban ser protegidos. En la antigua Grecia se puede ver una cultura claramente impasible al enfrentar sus inclinaciones eróticas, bastante saturada tanto de imágenes como de relatos sexuales. También observamos una cultura en la que dicha actitud parece funcionar sin problemas, tanto en el caso de los antiguos griegos como en el de la humanidad en general. Puede que fuesen erotómanos de ojos hundidos y manos peludas, pero bien mirado, inventaron la ciencia, la literatura, la filosofía y, bueno, la civilización, en definitiva.

La apertura sexual y el progreso cultural casi parecen haber caminado de la mano a lo largo de los primeros capítulos de la historia de la humanidad en Occidente, y no fue hasta el advenimiento del cristianismo, o más específicamente, del apóstol Pablo, cuando nos dimos cuenta de que todos deberíamos estar completamente avergonzados de nuestros cuerpos y de los procesos relacionados con los mismos. No fue hasta que el emperador Constantino cortó y pegó el cristianismo moderno junto con algunos trozos sueltos del mitraísmo y del culto solar al Sol Invictus, y adoptó el *collage* teológico resultante como la religión oficial del Imperio romano, que toda la sociedad empezó a ser testigo del efecto de sus ideas y doctrinas en cuanto entraron en vigor.

Si echamos un vistazo tradicional (y predominantemente cristiano) a la caída de Roma, nos daremos cuenta de inmediato de que la sabiduría convencional argumenta que Roma fue destruida por la decadencia, hundida bajo el creciente rastro de eyaculación de sus orgías, por su propia permisividad sexual. El mero hecho de hojear a Gibbon, por otra parte, demostrará que Roma habría sido un tumultuoso, decadente y orgiástico desenfreno más o menos desde su creación. Su trayectoria de fornicio se llevó a cabo con éxito a lo largo de varios siglos sin hacer daño a nadie. Sin embargo, en cuanto Constantino obligó a la gente de todo el Imperio a convertirse al cristianismo, apenas duró cien años más.

En gran parte, todo esto tuvo lugar porque Roma se apoyó en sus tropas extranjeras, la caballería egipcia por ejemplo, para defender sus dominios contra las hordas teutonas que lo rodeaban. En un principio, los soldados extranjeros estaban contentos de alistarse, ya que en ese momento Roma había tomado un punto de vista pagano y sincrético que permitía a los reclutas adorar a sus propios dioses mientras marchaban hacia el norte de Europa a enfrentarse a los hunos. Sin embargo, una vez que el Imperio fue cristianizado, ya no hubo otra opción. Los nuevos líderes cristianos de Roma decidieron que esta sería su forma de hacer las cosas o su escalera hacia el cielo particular y, por lo tanto, así fue como en tierras lejanas las cifras de contratación se desplomaron. Lo siguiente que ocurrió, y que nadie pudo prever, fue que había bárbaros por todas partes: los hunos, los francos, los visigodos y los peores de todos, los godos*, con sus lentillas blancas y sus recopilaciones de Cradle of Filth. Definitivamente, en Roma estaba todo el pescado vendido.

Así que mejor será recapitular lo que hemos aprendido hasta ahora: las culturas sexualmente abiertas y progresistas como la antigua Grecia han facilitado a Occidente casi todos

* *Goths* en el original *(N. del traductor)*

los elementos de la civilización, mientras que las culturas sexualmente represoras, como la de Roma en sus últimos días, nos han dado la Edad Media.

Vamos a avanzar rápidamente durante casi mil años de sajones, daneses y vikingos colocados de amanita muscaria mientras saquean y violan a su paso por una especie de meteórico invierno nuclear con cerebros goteando de sus armas, aullando a Odín y ensangrentando a hachazos a todos los que no opinen como ellos. Cuando finalmente las luces empiezan a hacer otra vez acto de presencia en el mundo occidental, nos encontramos con una Iglesia cristiana que, comprensiblemente, trata de atraer fieles a sus toscos bancos y que ha dado con la noción de arte erótico como forma de obtener dicho fin. La figura con las piernas abiertas de vagina achaflanada agazapada en la mampostería de muchas iglesias británicas medievales, identificada erróneamente como una Sheelagh-Na-Gig*, como si fueran los restos de una madre-diosa de alguna religión anterior, en realidad tiene un origen puramente cristiano, y originalmente pretendía ser una imagen que representaba la lujuria. Si los folcloristas hubieran buscado con más ahínco, con toda seguridad habrían encontrado representaciones similares de la ira, la gula, la pereza, la avaricia y el resto de pecados capitales, a pesar de que ese coño petrificado y boquiabierto tiende a

---

* Tallas figurativas de mujeres desnudas mostrando una vulva exagerada. Se encuentran en iglesias, castillos y otras edificaciones románicas, especialmente en Irlanda y Gran Bretaña. *(N. de la editorial)*

centrar la mayor parte de la atención, lo que probablemente no sea para nada accidental. En las iglesias de la época, las muestras de imágenes pornográficas no eran infrecuentes en absoluto, y no se puede negar que estaban allí de forma intencionada. Después de todo, los cuadros de personas copulando suponían una gran atracción para los congregados, y no estaban considerados pecaminosos en sí mismos, sino que se pueden explicar como una advertencia a los fieles: severas instrucciones morales que describían los actos vergonzosos que si alguien llegaba a cometer alguna vez, lo enviarían con toda seguridad al fuego del infierno y la condenación.

Lo que en realidad había logrado la Iglesia con esta agradable maniobra populista fue realizar un cambio sutil y, sin embargo, atronadoramente importante en la relación entre las gentes y su imaginación sexual. Implícitamente, parece aceptable disfrutar de imágenes sexuales siempre y cuando dichos actos nos parezcan pecaminosos y te sientas adecuadamente avergonzado y culpable si su representación logra excitarte. Esto estableció un vínculo inmediato entre el consumo de pornografía y un sentimiento de autodesprecio o vergüenza que a fecha actual sigue afectando a la mayor parte del mundo occidental.

Por supuesto, no solo fue la Iglesia primitiva la que disfrutó del monopolio de las imágenes del cuerpo desnudo. Hasta el siglo XIX, la única manera de que un artista pudiese retratar el cuerpo despojado sin riesgo a ser censurado era incluyendo los desnudos dentro de un contexto que fuese o bien clásico o bien bíblico: Eva y la serpiente, Leda y el cisne, siempre y cuando no estuviesen realizando el acto sexual. Está bien, eso no significa que a los artistas no les preocupase la censura, o que la postura de la Iglesia sobre este asunto fuese acatada de forma universal en todos los tiempos y en todos los lugares. Hasta cierto punto, desde sus mismísimos inicios sajones, a la producción de literatura inglesa le ha resultado indiferente el decoro sexual. Algunos de los *Cuentos de Canterbury* de Chaucer son indistinguibles de los retozos sexuales *softcore* que asolaron las salas de cine inglesas en la década de los setenta. Volvamos al siglo XIV, hasta las *Confesiones de un indulgente*. Shakespeare podría haber trabajado cifrando sucia escatología en su descripción de la redacción de una dama:

¡Por mi vida, es del puño y letra de mi señora! Reconozco sus Cs, sus Us, sus Ts... y así es como traza ella sus formidables Ps. No cabe duda de que es su letra[*].

Dicho esto, no fue hasta que William Caxton ideó sus folletos impresos para... bueno, para sus lectores más jóvenes (simplemente imagínatelo como el internet del siglo XV), cuando se empezó a desarrollar la tradición de la pornografía tal y como entendemos el término hoy en día. Al igual que ocurre

---

[*] En el original: «*Her Cs, her Us 'N' her Ts, whereby she maketh her great Ps*». Es una referencia a la carta de Olivia que comenta el enamorado protagonista de *Noche de Reyes*, la comedia de Shakespeare, en la que el aludido Malvolio indica: «*By my life, this is my lady's hand these be her very C's, her U's and her T's and thus makes she her great P's*». Una de las traducciones de CUNT es coño. *(N. del traductor)*

con internet, la nueva tecnología se dedicó casi de inmediato a difundir fotos sucias.

Hasta ese momento en el que por primera vez la producción en masa se convirtió en una posibilidad, la cultura erótica solo había existido en el ámbito privado de los artistas y coleccionistas, que para el dominio público es lo mismo que decir que no existía en absoluto. La Iglesia nunca había adoptado previamente posición alguna respecto a la pornografía, simplemente porque no existía ninguna, y cuando apareció finalmente, se tardaba relativamente bastante en reconocerla. Durante la época en la que vivió William Blake, en la segunda mitad del siglo XVIII, el Londres contemporáneo estaba repleto de libros cachondos y publicaciones picantes de todo tipo, lo que incluye algunas tan esenciales como el directorio más vendido sobre putas en idioma inglés, que introdujo la frase: «tan lascivas como las cabras y los monos», y que aparentemente funcionaba como una guía de recomendación, el equivalente de las cuatro estrellas que la guía Michelin otorga al Regency. También vale la pena recordar que finales de 1700 fue la época en la que, en Francia, el marqués Donatien Alphonse François de Sade empezó a utilizar por primera vez una indignante, violenta, escatológica y, con frecuencia, intensamente torpe pornografía con la obtusa intención de ejercer la sátira social, topándose con una sociedad con enormes remilgos ante los impulsos carnales del bajo vientre, lo suficientemente vulnerable como para poder ser atacada.

El siglo XIX empezó con grandes progresos y, sin embargo, en mitad de las preocupaciones europeas concernientes a todas las revoluciones de los últimos cincuenta años, unido a la incertidumbre y a la paranoia que representaron las guerras napoleónicas, prevaleció un estado de ánimo más represivo y autoritario. Y aunque sin lugar a dudas se pudieron ver innumerables libritos populares y licenciosos circulando durante aquel período, estas publicaciones ya estaban empezando a asumir furtivas asociaciones con lo clandestino, la encorvada postura que estigmatizaría y tulliría a la pornografía durante los siguientes cien años o así.

En cuanto a la relación sin cortapisas que mostraban los escritores, artistas o creadores de probada capacidad con el erotismo, el terreno parecía haberse convertido en un páramo tóxico, venenoso para la reputación y corrompido por agentes patógenos. En cuanto William Blake falleció en 1827, pese a que su voluntad de aceptar la sexualidad y a que una amplia gama de ideas poco ortodoxas sobre el sexo fueran fundamentales en toda su filosofía, devotos excesivamente protectores convencieron a su esposa Catherine de purgar su trabajo de cualquier dibujo o escrito abiertamente erótico. Que Blake amaba y también tenía inclinación por las imágenes pornográficas aún se puede comprobar en las notas escritas al margen que sobrevivieron, con jóvenes garabateados engullidos por matronas carnosas, pero sus acólitos tuvieron bien presente que el visionario poeta al que aún estaban en proceso de construir podría ser mucho más angelical sin genitales.

No podemos más que imaginar con nostalgia las masturbatorias obras maestras de Blake incineradas en aquellas blasfemas hogueras... *El Dragón Rojo se tira a la mujer vestida del sol** es mejor que no nos atormentemos con el resto de artistas gloriosos cuyas obras póstumas fueron incineradas, auténtico porno en la hoguera^ que ha desaparecido por completo sin quedar registrado.

Por lo tanto, con ese tono culpable y avergonzado ligado al inminente reinado de la reina Victoria, nos encontramos el rasgo de la pornografía con el que generalmente se la lleva asociando desde entonces: un «gueto» miserable con el que ningún artista que se respete desearía estar asociado y que, por tanto, rápidamente se convierte en la provincia de los que no tienen inclinaciones literarias o artísticas de ningún tipo. Aquel paisaje erótico enriquecido de antaño se encontraba eficazmente ausente de talento genuino. Finalmente se convirtió en un género en el que no solo no existían normas, sino que parecía correcto pensar que no se necesitaban. Al menos, durante la época victoriana ese panorama yermo de erotismo atisbó el futuro y la libido cultural siguió expulsando saludables chorros vitales alguna que otra vez.

De hecho, el cargamento de moralidad abstemia que desembarcó como parte del empaquetado victoriano ocasionó que la gente exhibiese esa forma de pensar reprimida pero a punto de estallar propia de la lasciva imaginación de la época. Empezó a prosperar la pornografía ejemplificada por periódicos como *The*

---

* En el original: *The Red Dragon Does The Woman Clothed In The Sun*... es una referencia bíblica. *(N. del traductor)*

^ En el original: *porno for pyros*. *(N. del traductor)*

Pearl, aunque simplemente fuese una subcultura clandestina. Esta red subterránea, sin embargo, se fue ampliando de una forma tan considerable como para rozar la superficie de la sociedad, hasta que los cimientos de las casas adosadas de los suburbios victorianos se vieron socavados peligrosamente. En aquellos tiempos, mucho antes del advenimiento de la llegada del vídeo para adultos, los hombres de negocios de la ciudad que volvían a casa para disfrutar del fin de semana junto a su cónyuge o pareja bien podían pasarse y adquirir en algún establecimiento ilegal el equivalente de la época en la que se estilaban los alumbrados de «luz de gas» de nuestros actuales videos: al igual que el teatro es anterior al cine, esa conseguida y teatral pornografía casera precede a las películas *skin-flick* o pornográficas.

Los libretos concupiscentes se podían comprar sin problemas, y había disponibles tanto obras de teatro para interpretar por dos personas hasta piezas para una compañía completa en caso de que se llegase a un acuerdo con los vecinos. Estas publicaciones incluían la partitura, de modo que si uno de los participantes tenía inclinaciones musicales, entonces él o ella se podían sentar al piano y ofrecer un vigoroso acompañamiento para cualquiera de las actividades que se llevaran a cabo sobre la alfombrilla del hogar o el sofá de crin. Sí, sé que suena ridículo, pero esto me lo contó Malcolm McLaren, y si no puedes confiar en Malcolm McLaren, entonces, ¿en quién puedes confiar?

Sin embargo, el poderoso trasfondo erótico de la sociedad que tenía lugar a puerta cerrada discurría claramente en dirección opuesta a la opinión oficial sobre los asuntos sexuales, y la cada vez más importante pornografía era una especie de afrenta imperdonable contra la virtud pública. Un coleccionista de imágenes eróticas, poseedor de muchos groseros manuscritos inéditos de Swinburne, Wilde y otros notables, fue advertido por su señora esposa de que a su muerte tenía la intención de incinerar toda su obscena colección. Astutamente, el caballero en cuestión lo evitó convenciendo al Museo Británico de que aceptase una *Private Case* donde conservar sus lujuriosos objetos de valor, un truco que solo consiguió llevar a cabo cuando el Museo se hizo custodio de sus excitantes tesoros con la condición de hacerse cargo también de todas sus primeras ediciones de Cervantes.

Por supuesto, a mitad del siglo XIX la fotografía se convirtió en otra opción para los pornógrafos, aunque se trataba de una tecnología que también introdujo un nuevo (y más tarde muy polémico) elemento en el arte erótico, al menos en el plano moral: estas imágenes no eran el fruto de una imaginación excitada, sino personas reales con una vida más allá de la cosecha fotográfica de las sucias fotos donde aparecían. La preocupación por el bienestar moral de las modelos llegaría a igualar o superar la preocupación por los miembros del impresionable público expuestos a la depravada influencia de dicho material. En aquellos primeros días, sin embargo, en los que una cámara era una posesión relativamente rara, al menos en comparación con el bloc de notas y el lápiz que uno necesita para hacer uso de una tecnología obscena más barata, la forma pornográfica predominante era la literaria, y al principio, las fotos picantes fueron una preocupación singular y minoritaria.

Como es de esperar en un campo tan marginado y despreciado, sin control de calidad de ningún tipo, la corriente literaria mayoritaria de material ilícito durante la época victoriana variaba agradablemente de sabor. Una pasión sádica por la desfloración o incluso por la representación sin crítica alguna de la violación se introdujo de forma grosera en algunos relatos, incluso posiblemente en la mayoría, pero es importante no dejar de fijarse en el material socialmente beneficioso que encontró su única exposición en este odiado género. La categoría de «lo sexual» e incluso en cierta medida, la política sobre la sexualidad, no podía mencionarse ni ser debatida dentro de los límites del decoro victoriano, lo que significa que solo en un campo que se encontraba mucho más allá del destierro se podían plantear estos temas de una forma lo suficientemente segura. No era inusual encontrarse a los participantes de una orgía de la época de un capítulo de duración lanzándose a charlar repentinamente durante el descanso, para discutir temas como el de la responsabilidad que tenía el caballero de dejar totalmente satisfecha a su pareja femenina durante el intercambio sexual, o la importancia de acatar siempre los deseos de la pareja, incluso cuando se hubiese enloquecido por la pasión. Son cuestiones que no podían ser planteadas en juegos de consejos para el hogar al uso*, y ciertamente, tampoco se enseñaban en la escuela o se aprendían en una charla con los padres. Podría

* *Home Hints* en el original. *(N. del traductor)*

parecer que la única educación sexual que se distribuía en el siglo XIX era en el interior de las publicaciones que fueron, por su propia definición, consideradas como obscenas.

Para ilustrar esta práctica no necesitamos mirar mucho más allá de la carrera desenfrenada del ateo del siglo XIX de la zona, Charles Bradlaugh, miembro del Parlamento, cuya indignada estatua se encuentra señalando acusadoramente hacia una isleta de tráfico en la plaza de Abington, aquí en Northampton. Entre el chorro de actividades honradas e incidentes a menudo controvertidos que han marcado la vida de este reconocido político del viejo partido laborista nos podemos topar con un período en el que Bradlaugh fue encarcelado junto a la conocida provocadora, *match-girl* y teosofista, Miss Annie Besant, por la distribución de «material obsceno». Este resultó ser un tratado en el que se asesoraba sobre los métodos anticonceptivos dirigido a mujeres de la clase trabajadora en una época en la que un tercio de ellas seguramente morían durante el parto. Bastante picante, como seguramente te estarás imaginando.

Esta intensa e indiscriminada represión marcó en gran medida la época victoriana, pero aunque dicho sometimiento no tuvo ninguna oposición, gracias a los muchos factores que convergieron fue un período en el que se ideó el porno más inventivamente subversivo, así que bien nos lo podríamos tomar como que al final las cosas alcanzaron un éxito triunfal. Es cierto que la victoria fue pírrica y de corta duración, y con los excesos del siglo XX esperando entre bastidores y a punto de hacer su morbosa aparición, cuando surgieron las restricciones aquellos artistas que chapoteaban atrapados en las aguas eróticas seguramente debieron pensar que eran demasiado encarnizadas Obviamente, una gran variedad de complejos incidentes y asuntos influyeron en la evolución de ciertos elementos a lo largo de todo ese tiempo, pero el suceso más emblemático de este cambio radical en la actitud del público hacia la literatura erótica seguramente tuvo que ser el juicio de Oscar Wilde.

Lo que hace tan importante la caída de Wilde tiene que ver con el hecho de que este esteta y escritor maravillosamente dotado se había convertido en un símbolo viviente del decadentismo, el movimiento que perfumaba prácticamente todo el arte o la literatura importantes que se crearon entre los años 1870 y 1890. La estética del movimiento, tal como la define el adelantado decadente Théophile Gautier, exige a los artistas no temer saquear la opulencia de la historia o las leyendas para construir su propia imaginería, y sentirse libres a la hora de tomar prestados elementos de las ofertas culturales más novedosas, incluso llegando a incluir «vocabulario técnico» en su obra. Dado que lo que intentaba abarcar el decadentismo era intencionadamente amplio, no sorprende mucho que el erotismo se convirtiese en el elemento principal que engalanaba toda la atmósfera que rodeaba al movimiento. Por primera vez en un siglo, los artistas mostraron otra vez de forma abierta y significativa la sexualidad en su trabajo, y la exquisita cola de pavo que se abrió como consecuencia debió parecer, a ojos victorianos sexualmente ciegos al color, como un trapo rojo para un toro. Las decorativas líneas esquinadas que caracterizan el *Art nouveau* estaban recargadas con las curvas y redondeces de los pechos y los testículos, incluso en esas relativamente raras ocasiones en las que no se mostraban ni senos ni testículos en las ilustraciones de la época.

La literatura fue testigo de una plétora de talentos estelares más que dispuestos a trabajar en el campo de lo erótico: desde las ricas y sensuales resacas que se pueden encontrar en la obra de J. K. Huysmans a los escritos pornográficos en toda regla de Guillaume Apollinaire o de Pierre Louÿs. Louÿs es un caso interesante en cuanto a que era un escritor bendecido con medios económicos independientes cuyo trabajo recibió formidables elogios por parte de la crítica desde el principio de su carrera. Después de publicar *Las canciones de Bilitis*, encontró repulsiva la fama literaria y eligió escribir demencial material *hardcore* brillantemente sucio durante el resto de su vida, con la certeza de que sería impublicable más allá del pequeño mercado de pliegos impresos privados para el *connoisseur*.

Durante este período, la poesía también fue honrada con muchos talentos sublimes que poseían oído para lo erótico, el trágico Ernest Dowson en particular. Dowson, que se suicidó por culpa de su afición al diablo verde, la absenta, y que estaba obsesionado con una niña de quince años, murió muy joven en un relativo anonimato después de enriquecer la fraseología inglesa con expresiones tan conocidas como «He sido fiel a mi manera», «Días de vino y rosas» y «Lo que el viento se llevó». Sí, ese fue Dowson.

Sin embargo, dentro de los medios visuales, y a pesar de la feroz disputa con los seguidores de Alfons Mucha, es el frágil Aubrey Beardsley el que emerge durante el decadentismo como icono orientado a expresarse sexualmente en el arte. Muerto a la edad de veintiséis años por una tuberculosis galopante, Beardsley, tanto en su arte como en su apariencia personal, fue una rara orquídea que no sobrevivió a las amargas ventiscas de desaprobación moral a las que William Blake se refirió una vez como el «invierno inglés». Aunque en su vida personal era aparentemente asexual (y me ahorraré las maliciosas insinuaciones de Frank Harris sobre la existencia de una relación sexual con su amada hermana Mabel Beardsley, ya que no existen pruebas de que Aubrey tuviese nunca relaciones sexuales físicas con nadie), los dibujos del artista respiraban sexualidad. Tal vez, al igual que el arquitecto virgen Antonio Gaudí, la verdadera forma de expresión sexual de Beardsley se encuentre en su trazo sensual y anhelante.

A lo largo de una carrera que abarcó más de ocho años, el llamativo estilo de Beardsley se grabó en la conciencia del público a base de obras ilustradas como *La muerte de Arturo* (*Morte D'Arthur*) de Sir Thomas Malory, o las elegantes y siniestras sumisiones en el *Yellow Book* de John Lane. Aunque el nombre del artista se convirtió en sinónimo de singularidad, «terriblemente extraño» (*Awfully Weirdsley*, tal y como lo rebautizó un bromista), el impacto de su trabajo, con sus enanos tumescentes y de una sexualidad dolorosa, fue lo que estableció a Beardsley y su trazo sugerente como el espíritu que definió la década de 1890. El conjunto de imágenes que entregó para la *Salomé* de Wilde está entre sus mejores trabajos, aunque al mismo tiempo son algunas de las ilustraciones que, sin duda, contribuyeron a su ruina.

Cuando finalmente estalló el juicio contra Wilde convirtiéndose en un escándalo nacional, nada ni nadie que hubiese tocado alguna vez los perfumados guantes de Oscar estuvo a salvo. Durante el recorrido desde la puerta de su casa hasta la sala de espera desde donde lo llevarían a los tribunales, los periodistas notaron que Wilde llevaba un «libro amarillo» escondido bajo el brazo. Probablemente fuese el clásico de J. K. Huysman *A contrapelo* (*A rebours*), cuya edición del momento lucía una cubierta de color amarillo brillante, pero por desgracia, en la creciente atmósfera de linchamiento, la diferencia entre el artículo indeterminado y el definido se pasó por alto. «Un libro amarillo» se convirtió en «El libro amarillo», y la reacción en contra de Wilde tuvo como consecuencia que la publicación literaria y artística más importante de la década de 1890 fuese brutalmente erradicada de la existencia.

Al haber ilustrado la *Salomé* de Wilde, la rumorología vinculó intrínsecamente a Beardsley con el encarcelamiento y destierro de Oscar, y se sospechó que era homosexual. Irónicamente, el artista no era más que un amigo no demasiado cercano de Wilde que solía quitar hierro a su relación y se esforzaba por evitar al corpulento *dandy* en cuanto lo veía acercarse. Sin embargo, desde el punto de vista del público, esto era irrelevante: haber ilustrado una obra de Oscar Wilde era evidentemente tan pernicioso como haber sido descubierto en flagrante delito junto al poeta. Beardsley, horrorizado por dichas insinuaciones, corrió una noche hasta la casa de un conocido, flaco, demacrado y sin afeitar. Al mirarse en un espejo con sus ojos enrojecidos, el artista le preguntó al aire si la cara que estaba observando podía ser la de un sodomita. Incluido en la lista negra por todos los editores decentes y con el *Yellow Book* desaparecido, Beardsley fue privado de repente de ambas fuentes de ingresos y abandonó su arte en mitad de un torbellino emocional y con la salud en declive. Tosía en su pañuelo de lino y se quedaba mirando el salpicón escarlata resultante, amapolas ancladas firmemente en la nieve.

Es en ese punto cuando aparece la caballería en la persona de Leonard Smithers, antiguo abogado convertido en editor de obscenidades y uno de los verdaderos héroes no reconocidos de la pornografía, demasiado tarde para salvar los muebles pero justo a tiempo para un último acto que parecía tan irremediablemente condenado como heroico. Sus valientes esfuerzos tras el juicio de Wilde, facilitándoles trabajo a Beardsley, Dowson y el resto, dio lugar a la publicación de un nuevo periódico decadentista titulado *The Savoy*, que tomó el lugar y en muchos aspectos superó al añorado *Yellow Book*. Sin embargo, si bien este aplazamiento del exilio cultural fue bienvenido, el daño a la confianza y autoestima de Beardsley ya estaba hecho, y parece que tuvo repercusiones en el bienestar físico del artista, o más específicamente, en sus pulmones.

En 1898 Beardsley estaba en su lecho de muerte, y sus últimos deseos consistieron en ordenar a Mabs, su hermana Mabel, que intentara «destruir *Lysistrata* y demás obras obscenas». La posterior publicación de las ilustraciones de *Lysistrata* y de su incompleta novela pornográfica (una narración sobre la leyenda de Venus y Tannhäuser a la que bautizó como *Bajo el monte*) sugieren que Mabel Beardsley se mostró mucho más reacia a la hora de purgar el elemento erótico de la obra de su hermano que la que había mostrado su esposa, Catherine Blake, y por ello debemos estarle agradecidos. Gracias a Mabel, varias obras exquisitas pudieron sobrevivir, ya que de otro modo nunca lo habrían hecho. Por otro lado, sigue pareciendo desalentador pensar en Aubrey Beardsley de camino a su tumba innecesariamente avergonzado de la mayoría de la influyente y esbelta obra que trajo al mundo. Al igual que Wilde o Ernest Dowson, el trabajo de Beardsley tan solo ha enriquecido la cultura humana con su gracia y belleza. ¿Por qué, entonces, tiene que ser algo de lo que avergonzarse?

En cambio, la moralidad emergente dictaba lo contrario. A caballo entre los siglos XIX y XX, el Imperio británico se encontraba en su más bullicioso apogeo: era el mayor imperio que el mundo había conocido hasta entonces, con una progresiva influencia cultural masiva tanto para bien, como, por lo general, para mal. A pesar de la enorme arrogancia vanidosa que al parecer acompaña a todos los imperios cuando están en las vertiginosas alturas inmediatamente anteriores a su inevitable caída histórica, Gran Bretaña se encaminaba hacia el nuevo siglo con todo un preocupante remolino de inseguridades: el Imperio británico se estaba cayendo a pedazos y estuvo acabado en el momento en el que la India se independizó en 1947. Nadie estaba seguro de los cambios que traería el nuevo siglo y, sin duda, cuando llegó la decadencia de las artes, se produjeron numerosos paralelismos con la antigua Roma. Por alguna razón, el nuevo progresismo de los decadentistas en el arte y la escritura se tomó como un síntoma de deterioro moral, un indicador de decadencia. Así, con una agresividad nacida del miedo, «el imperio contraatacó» con su juicio a Wilde y su obra, y sus asustadas y acobardadas consecuencias establecieron el equivalente a un nuevo puritanismo que impactaría directamente en todo el mundo occidental.

En Alemania, por ejemplo, el deseo de frenar y regular la sexualidad condujo a formas de pensar, que todo lo más eran pseudocientíficas, que se convirtieron en tradiciones. Al igual que ocurrió con K. M. Benkert, la primera persona que acuñó el término «homosexualidad» como una expresión utilizada tanto por médicos como por patólogos, casi cualquier forma de sexualidad socialmente indecorosa (es decir, prácticamente todas) fue tachada de enfermedad de la que uno se podía curar mediante la ciencia. Se fabricaron una serie de geniales dispositivos *médicos*, por ejemplo, para proteger al niño vulnerable de los incidentes no deseados ocasionados por su excitación corporal, como, por nombrar uno, los que se producen entre los varones adolescentes cuando están dormidos. Aunque, obviamente, las manos del niño se podían atar de forma segura a la cabecera de la cama para evitar actos deliberados de masturbación, eso no le impedía excitarse mientras dormía, posiblemente soñando, lo que claramente era inaceptable en la Alemania de fin de siglo. Para solucionar el problema alguien ideó un anillo con pinchos afilados situados a lo largo de la parte interna, que podía colocarse cómodamente en el pene flácido y que lo ensartaría si a este se le ocurría excitarse por cualquier motivo. Muy popular entre los padres de niños muy pequeños tanto en la Alemania como en la Austria de principios de siglo, al parecer esta forma de sádica tortura a la infancia podría haber producido la famosa generación tan bien equilibrada de jóvenes Übermenschen que contó entre sus filas con el notable desviado sexual Adolf Hitler.

Simplemente por recordarlo, mientras las culturas sexualmente avanzadas nos trajeron las matemáticas, la literatura, la filosofía, la civilización y todo lo demás, las culturas sexualmente restrictivas nos regalaron la Edad Media y el Holocausto. Y no es que esté intentando dar mayor peso a mi argumento, por supuesto.

Aunque esta ola de represión se cobró sus víctimas, no pudo evitar que el siglo XX tuviese lugar, ni que apareciesen nuevas tecnologías que, ineludiblemente, iban a cambiar todos los aspectos de nuestras vidas, incluída nuestra pornografía. El cine había aterrizado a finales del siglo XIX, dando de inmediato a luz a las primeras cintas pornográficas, pero, al igual que ocurrió con la anterior llegada de la cámara, el gasto total de los equipos necesarios para producir una *blue movie* o picante medio decente hizo que fuesen minoritarias. Sin embargo, la siguiente oleada de sexualidad explícita emergió gracias a los avances realizados a partir de la tecnología de impresión de William Caxton. Aparecieron en escena formas de impresión más nuevas y baratas como la mimeografía, lo que significó que, de pronto, la publicación se había convertido en un proceso mucho más democrático y que ya no era una disciplina solo apta para ricos y culturetas.

En 1930 llegó a Inglaterra la moda conocida como *mushroom publishing*, el equivalente más próximo a la explosión *pulp* que se estaba publicando en los Estados Unidos. Aunque ambos países tenían cada uno sus propias leyes rudimentarias contra la obscenidad, en ambos casos estaban tan mal definidas que dejaban un tremendo margen de interpretación. Lo picante era únicamente tolerado a niveles *softcore*, aunque en ese territorio nebulosamente delimitado fuese fácil cruzar la línea sin darse cuenta y encontrarte bajo los focos de la sociedad aterrorizada, como les ocurrió a los *pulps* picantes que llegaron del otro lado del Atlántico, o a las novelas de *Hank Janson* publicadas en este país. Evidentemente, la sed pública de pornografía no disminuyó, ni siquiera con una bestial reacción moral y una «tolerancia cero» policial (el veterano Donald McGill fue acusado en Inglaterra por unas «picantes» postales marinas y condenado por las insinuaciones obscenas que se podían contemplar en sus dibujos) y las autoridades solo eran capaces de mantener sujeta la temblorosa y ardiente tapa de la olla a presión.

Esto no significa que no se escapase vapor de vez en cuando. El mundo *underground* de las publicaciones de pornografía *hardcore* había resistido todos los embates del nuevo siglo, manteniéndose más o menos intacto gracias a que era casi invisible. Sin embargo, aparte de un puñado de reimpresiones del siglo anterior y de las ráfagas intermitentes de nuevo material barato, no había gran cosa recomendable entre la producción pornográfica de la década de 1930 salvo el fenómeno de los folletos de ocho páginas producidos como salchichas durante aquel período en Estados Unidos y que fueron conocidos como *Biblias de Tijuana*, posiblemente porque se suponía que el sexo y todo lo relacionado con el mismo se había iniciado en ese lugar.

Este grueso material de ocho páginas crudamente producido no era más que una fascinante etapa en la evolución tanto de los cómics como del erotismo. Aunque existen varios relatos apócrifos de cómo estos libritos pudieron ver la luz, la versión más meritoria y entrañable es la que asegura que su creación radica en los esfuerzos de tres señoras que formaron una asociación clandestina para complementar sus ingresos, con una de ellas haciéndose cargo de los guiones, otra del dibujo, y la tercera de los negocios logísticos y la distribución final de la empresa. Sea cierto o no, lo más significativo es que en las *Biblias de Tijuana* se puede ver una pícara chispa social que con el tiempo serviría de base para toda una tradición norteamericana de la sátira inflamatoria de primer orden, contada en forma de cómic.

Las *Biblias de Tijuana* más recordadas son las que estaban protagonizadas por personajes bien conocidos de las tiras diarias de los periódicos con un tembloroso estilo prestado en el que se podía ver una pasable aproximación a los que utilizaban los autores de las series originales. El gran atractivo de mostrar sin tapujos a personajes no sexuales como Blondie, Jiggs o Popeye participando en parodias pornográficas reside en el enorme contraste entre la versión oficial y las licenciosas, mostrándolos más sucios gracias al contenido sexual, cuando el contexto original de algunos de estos iconos culturales era impecable.

También hay que tener en cuenta el placer subversivo que se producía al aguijonear las directrices de la sociedad anodina y carente de sexo que se presentaba en las tiras dominicales, y parece muy probable que cuando Harvey Kurtzman redactó la propuesta para su seminal *Mad Comics* en los cincuenta, aquellos folletos de ocho páginas formasen una parte bastante influyente de su mejunje satírico. El ataque de Kurtzman contra *Archie* (que supuestamente garantizó un trato de castigo contra la línea de EC comics por parte de una draconiana autoridad del Código del Cómic auspiciado por la editorial Archie Comics) presentó al supuesto «adolescente prototípico» como un matón de instituto, y a Betty y Verónica como unas calentorras fumetas, en un retrato que podría haber aparecido perfectamente en una de las *Biblias* de ocho páginas, aunque en estas el retrato sexual no iba mucho más allá del tono *underground*, mientras que en su parodia, el talentoso Bill Elder realizó un trabajo de emulación y subversión de la totalidad del estilo *Archie* mucho mejor del que se puede encontrar en las *Biblias amateur* que le precedieron.

Junto a un elenco de personajes sacado de las tiras de los periódicos, en las *Biblias de Tijuana* también se utilizaban como personajes destacados a actrices y actores contemporáneos como Mae West y Laurel y Hardy (el Gordo y el Flaco). Curiosamente, las celebridades criminales de 1930 conocidas como Baby Face Nelson o John Dillinger tenían su propio subgénero, que jugueteaba con el evidente cariño del público por el glamuroso ladrón, además de reflejar el aura de potencia sexual casi legendaria con el que estos personajes fueron acogidos en la imaginería popular. En esta combinación de la figura del héroe violentamente antisocial junto a las viscerales acometidas de pornografía desenfrenada, las *Biblias de Tijuana* prefiguraban los cómics *underground* que entrarían en erupción más o menos treinta años después, principalmente en San Francisco.

Sin embargo, si retrocedemos hasta mediados del siglo XX, los impulsos eróticos de la sociedad estaban encontrando sus formas de expresión más vívidas en el teatro burlesco y, un poco más tarde, en las películas *nudie-cutie* que el anterior ya había representado parcialmente desde sus inicios. Durante los años 1950 y 1960, directores rebeldes como Russ Meyer casi lograron proporcionar una voz al inconsciente «sueño americano»; sus impulsos libidinosos se agitaban en una bufonada demencial de violencia y sexo a la vez infantil y exuberante, marcada por una especie de inocencia, al menos en comparación con la ración sin alegría y de ojos muertos que nos sirven actualmente. Descrito acertadamente como un «Fellini rural», Meyer parecía disponer de una personal y específica imaginería de diosas turgentes que mostraban sus generosas carnes y que se personificaban en mujeres icónicas como Tura Satana o Kitten Natividad. Al igual que ocurriría con Robert Crumb una década más tarde, la consagración de un cuerpo femenino concreto por parte de Meyer parece remontarse a los primitivos orígenes de lo erótico, una especie de *Venus del cenagal* vestida con un resplandeciente atuendo de cuero y retratada no en piedra, sino en celuloide.

En 1950 las evidentes necesidades de la poderosa cultura sexual surgieron en oposición al *ethos* sofocante y sin sexo de la época Eisenhower / McMillan. Escritores como Hubert Selby Jr. y Henry Miller, que habían elaborado una obra durante los años treinta y cuarenta cuya publicación se había prohibido, empezaron a encontrar un nuevo público que los apreciaba, a veces incluso entre editores extranjeros, como por ejemplo el Olympia Press fundado por Maurice Girodias. El *Playboy* de Hugh Hefner trató de instituir el porno *softcore* como una declaración de estilo de vida lujoso, y una nueva ola de humor «enfermizo» hizo aparición, encontrando su apogeo en los exabruptos, en ocasiones brillantes, de Lenny Bruce.

Mientras tanto, en el *Mad* de Harvey Kurtzman, una afilada y novedosa síntesis de lo *cool* y el humor judío, usaba las habituales referencias sexuales en su repertorio cómico, como por ejemplo en la parodia de Julio César realizada por Kurtzman, donde el grito de un centurión que pregunta si viene alguien[*], es respondido con un bocadillo desde algún lugar fuera de viñeta que dice «*Ooh, me dyingeth!*»[^]. Por las emisoras de radio se derramaron nuevas y excitantes músicas de otros lugares con matices sexuales e influenciadas por la música negra, llegando a etiquetarse como *rock and roll*, simplemente otro eufemismo más del acto sexual, como lo había sido la palabra *jazz*. Y lo más importante de todo, en el San Francisco de 1955, el poeta Lawrence Ferlinghetti empezó a publicar en City Lights Books, de North Beach, el famoso barrio de la ciudad que había sido transitado por anarquistas anti-Mussolini. Al escuchar en 1955

* «*Someone's comingeth!*», «¡Viene alguien!», también se puede traducir como «¡Alguien se corre!». *(N. del traductor)*

^ «¡Oh, me muero!», que también se puede traducir como: «¡Tengo un orgasmo!». *(N. del traductor)* la primera actuación pública del joven poeta de Nueva York Allen Ginsberg declamando en la Six Gallery su *Aullido* (*Howl*), la obra inspirada en William Blake, el impresionado Ferlinghetti tomó la decisión de publicar la obra en City Lights Books en noviembre de 1956. A pesar de la escasa atención que recibió el libro en un primer momento, sorprendente para una primera obra de un autor desconocido en el campo casi olvidado de la poesía, en junio de 1957 una redada policial en el City Lights Books y el juicio posterior por obscenidad catapultó a *Aullido* y a otros poemas de vanguardia a la conciencia de toda la nación. Sorprendentemente, el juez Clayton Horn emitió un veredicto que determina que una obra no se puede considerar obscena si posee «una mínima importancia de redención social».

La decisión del juez Horn significaba que City Lights podía publicar *Aullido*, así como muchas otras obras controvertidas, sin temor a dañinas represalias por parte de las autoridades. Aunque algunos escritos siguieron siendo demasiado extremos como para poderse publicar en el siguiente o en los dos años posteriores, como ocurrió con los diez primeros capítulos de *El almuerzo desnudo* de William Burroughs, que fue rechazado por la *Chicago Literary Revue*, dicho veredicto significó que los escritores *beat* ya podían materializar las premisas de Ferlinghetti en el 261 de Columbus Avenue y desencadenar lo que posiblemente fuese el movimiento literario más interesante del siglo XX. También estableció un importante precedente legal, otorgando inmunidad contra la persecución de material sexual si se demostraba que era socialmente significativo o con un alto valor artístico.

Precisamente esa fue la defensa adoptada exitosamente años más tarde en el publicitado proceso judicial celebrado en los tribunales ingleses contra el libro *El Amante de Lady Chatterley* de D. H. Lawrence, que se podría resumir con la premisa que mantuvo la acusación y que aún prevalece respecto a la pornografía, sugiriendo que ninguna persona decente debería permitir a sus «esposas o criados» leer ninguna obra parecida. Dicha observación traicionó finalmente a los acusadores, además de recalcar el absurdamente anticuado punto de vista victoriano respecto a los asuntos sociales, convenciendo prácticamente a todo el jurado para que votase en su defensa. El punto de vista de la acusación era que mientras «nosotros», hombres blancos de cierta edad y posición social, somos demasiado evolucionados como para ser corrompidos por dichas obras, estas tendrían un posible efecto ruinoso sobre aquellos moralmente más débiles que nosotros (los jóvenes, la clase trabajadora, los extranjeros o las mujeres).

Si bien como obra de moderna poesía *beatnik*, *Aullido* podía seguramente ser pasada por alto por la mayor parte de los ciudadanos, el juicio a *Lady Chatterley* supuso que la mayoría de los hogares del mundo occidental llegaran a poseer una copia muy manoseada de lo que en realidad es una obra relativamente menor de D. H. Lawrence. El tema sexual, en el ojo del huracán, había conseguido normalizarse, lo que abriría las compuertas de la avalancha de programas televisivos sexualmente sugerentes o explícitos, las películas, libros y canciones pop que ayudarían a definir la década de los sesenta, aunque está claro que todos esos progresos no se llevaban totalmente a cabo sin oposición. Los libros se seguían prohibiendo, las películas aún eran censuradas, y en una de las prácticamente inauditas exposiciones de arte erótico de los años sesenta, unos garabatos de John Lennon fueron requisados por la policía, junto con varios grabados de *Lysistrata* del pobre Aubrey Beardsley, que entonces llevaba setenta años fallecido. Organizaciones como Viewers and Listeners Association, encabezada por la autoproclamada y autodenominada tutora de la moral Mary Whitehouse, ejercería presión contra la BBC para bajar el tono de algunos programas de televisión determinados, o para eliminar la versión de Scott Walker del clásico de Jacques Brel *Jackie* de las listas de la radio, ya que sus referencias a «auténticos maricones y falsas vírgenes» podían corromper a la juventud.

La batalla afrontada por la expresión sexual durante los «permisivos» sesenta es una señal de lo intensamente que hacía aflorar las ansias de condenarla. Evidentemente, los mismos remilgos sociales respecto a la sexualidad de los que el Marqués de Sade había sido blanco en la Francia revolucionaria seguían siendo el punto fuerte de aquellos que, queriendo criticar a la sociedad, podían hacer algo mucho peor que atacarla. El movimiento *hippie*, nacido a mediados de los sesenta en torno a diferentes elementos referenciales que incluían las extravagancias *Art noveau* de Aubrey Beardsley y la respuesta a William Blake aullada por Allen Ginsberg, no tardó en apoderarse de la rebelión sexual como forma favorita de confrontación.

De esto no deberíamos deducir que no brotase una fuente de porno *hippie* funcional. Ocurrió, aunque a menudo sus manifestaciones fuesen tan subterráneas como para no causar ni siquiera un murmullo en la superficie de la conciencia pública. *Fuck You: A Magazine of the Arts* representó el «asalto total a la cultura» de Ed Sanders, que más tarde transformaría en la banda musical The Fugs, cuyos llamamientos de todo tipo a practicar sexo en grupo fueron recibidos con tremendo jolgorio. *El libro del amor* de Lenore Kandel, un delgado volumen de poesía erótica, fue llevado a juicio de forma inexplicable en San Francisco; casi supuso la última bocanada de los nuevos puritanos, que aún siguieron emitiendo quejidos de forma intermitente (antes de resurgir con un potente rugido). En el momento en que Essex House empezó a publicar verdadera pornografía *hippie —la trilogía The Agency* de David Meltzer, *Escritos de un viejo indecente* de Charles Bukowksi, *La imagen de la bestia*, de Philip Jose Farmer—, todo el concepto de «pornografía-como-escritura» empezó a parecer poco ofensivo. En gran parte, todo esto tuvo lugar gracias a los esfuerzos de Barney Rossett y Grove Press por redefinir los límites de lo que era literatura «aceptable». Fueron a juicio por *Chatterley*, *Trópico de Cáncer* y *El almuerzo desnudo*, ganando cada caso y empujando los límites un poco más allá en cada ocasión. Pero, realmente, una imagen vale más que mil palabras.

Nada ejemplifica mejor este asalto contracultural contra la conformidad sexual que los primeros cómics del extraordinario Robert Crumb, cuyos esfuerzos pioneros en la prensa *underground* fueron un trabajo seminal en todos los sentidos. Con un estilo tranquilizadoramente familiar y, justamente por eso, subversivo, Crumb se sumergió alegremente en las aguas más peliagudas e inaccesibles del inconsciente colectivo, sirviendo una visión de Estados Unidos retratada a través de los ojos de un obseso sexual, poblada de *Snoids* y mujeres yeti núbiles, con su prohibidísimo *Joe Blow* exhortando a practicar sexo y dejar atrás la intimidad oculta por las cortinas del barrio residencial, dibujado en cristalino negro sobre blanco para que todo el mundo pudiese verlo. Que la obra de Crumb fuese recibida con entusiasmo por un amplio espectro social sugiere que, después de difuminarse el *shock* inicial, mucha gente se dio cuenta de que estaban ante una visión en la que se podían reconocer. Utilizando una expresión actual, sabían de dónde mamaba Crumb.

Aunque hubo evidentes precursores de la explosión de cómic *underground* en *Mad*, en las *Biblias de Tijuana*, y en los fanzines de los que Crumb había formado parte, fue este último el que elevó el listón para los dibujantes que lo imitaron con el lanzamiento de su primer número de *Zap*, vendido por el autor puerta a puerta, mientras cargaba con los ejemplares en un cochecito de niño a lo largo de una Haight Street invadida por los *freaks*. Al igual que ocurriría con los Sex Pistols casi una década más tarde, el trabajo de Crumb fue el catalizador que lanzó las carreras igualmente extremas de los que le siguieron. La obra de Crumb en *Zap*, junto con la de sus dotados compinches S. Clay Wilson, Spain o Robert Williams y muchos otros artistas *underground* a los que inspiró, se puede tomar como una esquirla de pornografía de altura, creada alegremente con una intención tanto social como artística. (El brillante dibujante underground Sharon Rudahl, utilizando el seudónimo de Mary Sativa, escribió *The Acid Temple Ball*, una notable novela publicada como parte de la serie *Traveller´s Companion* de la Editorial Olympia, en la que relataba amorosamente las experiencias sexuales de una mujer mientras se encontraba bajo diferentes combinaciones de sustancias ilícitas). Cuando los cómics *underground* expiraron a finales de los 70, no apareció nada con una energía o espíritu verdadero que se alzase para ocupar su lugar. Crumb militó valientemente en *Weirdo* y otras publicaciones, pero aunque su obra siguió siendo tan maravillosa como siempre (de hecho, siguió mejorando y evolucionando), daba la sensación de que el solitario maestro trabajaba aislado, en lugar de ser el líder de todo un movimiento social y artístico surgido en su estela.

En general, lo que sucedió durante la década de los setenta fue que las libertades sexuales que tanto había costado conseguir en décadas anteriores y por las que se peleó por motivos ideológicos, se convirtieron, como era previsible, en un mercado en auge listo para ser explotado. Obviamente alentado por el crecimiento de la expresión sexual en el arte durante los sesenta, los fabricantes de películas decidieron que las humildes películas porno se podían rodar con mayores presupuestos y mejores medios de producción. Podían convertirse en una marca, disfrazada de forma que sugiriese cierto mérito artístico y poder llegar así por primera vez al mercado de cine para las masas. En estrenos como *El diablo en Miss Jones*, *Paraíso porno* (*The Opening of Misty Beethoven*), *Detrás de la puerta verde* y apenas un puñado más, los directores porno intentaron salirse con la suya, logrando el éxito a diferentes niveles y superando las tontas limitaciones basureras del género elegido. Realizaron un trabajo de cámara más pulido y dispusieron unos escenarios más imaginativos que, en combinación con algunos vestigios de genuino talento en la interpretación y, por lo menos, un guion aparente, se crearon obras con cierta pinta artística, aunque solo si se las comparaba con todas las babosas y bobas películas aparecidas antes.

Aun así, al público pareció gustarle la nueva oportunidad de disponer de pornografía en el *mainstream* y respondió con el suficiente entusiasmo como para permitir la proliferación de dichas películas... hasta el momento en que se hizo pública la verdadera edad de Traci Lords. La defensa de la importancia artística o social fue inútil cuando se enfrentaron a dicha infracción legal, y con esa grieta abierta en la armadura del porno artístico por parte de las autoridades, la industria fue golpeada y se retiró de forma inmediata, relegando al olvido a las películas porno de gran presupuesto.

Por supuesto, para entonces la década de los ochenta se encontraba a la vuelta de la esquina y las películas pornográficas pudieron ser rescatadas gracias al aumento masivo del mercado de vídeo doméstico, pero su importancia y su agenda de lanzamientos se modificarían en consecuencia. Si consideramos que los valores de producción de la década de los setenta habían sido diseñados para atraer a los cines a una audiencia *mixta* de todo tipo, los espectadores de vídeo doméstico fueron identificados en su mayor parte como un mercado de base cautivo y adicto cuyos hábitos de visionado eran absolutamente indiscriminados. No menos importante fue el cambio sutil que la audiencia tenía de sí misma. Mientras que estar sentado en un cine abarrotado viendo pornografía entre un centenar de otros individuos normales o parejas podía ser posiblemente una experiencia comunal y liberadora, y un indicador de tolerancia liberal y sofisticación, ver una película porno en solitario detrás de persianas cerradas es un asunto muy diferente y apela a una mentalidad diferente. La experiencia suele ser furtiva, secreta, vergonzosa. Aunque podía ser aceptable mencionar al día siguiente en la oficina que se había ido al cine la noche anterior para ver *Garganta profunda*, simplemente para enterarse de qué iba todo ese ruido mediático, por supuesto, te lo pensarías dos veces antes de deleitar a tus colegas con la noticia de que te habías quedado en casa para masturbarte con Vírgenes *anales IV*.

Aunque se distribuye de una forma mucho más masiva que nunca, la pornografía se ha reducido actualmente a un mercado bestial sin ningún tipo de normas o criterios, creando rápidamente una atmósfera que tiende hacia lo sórdido y lo vergonzoso. Sin embargo, solo considerando que la cultura pornográfica puede existir de puertas para adentro como vicio privado y adictivo y cada vez más caro, podrá seguir siendo un producto tan lucrativo. Como se ha señalado anteriormente, la fantasía sexual es gratis para todo el mundo que siga teniendo imaginación sexual, pero el vídeo o DVD pornográficos nos venden un sustituto sin vida y sin brillo de algo que muchos de nosotros mismos podríamos generar de forma mucho más satisfactoria. Esto, a ojos de las autoridades, tiene que ser por fuerza la situación ideal para la pornografía: dejarla disponible para todo el mundo, con las ganancias masivas acumulándose sin parar y generando impuestos, pero manteniéndola como algo mal visto, vergonzoso, de forma que no tengas a un Allen Ginsberg alegando que es arte, libertades civiles, un movimiento, política, o cualquier otra cosa que pueda sonar peligrosa.

Por supuesto, tanto el sexo como la expresión sexual tienen un carácter político y siempre lo han tenido, pero no fue hasta finales de los sesenta y durante los setenta que fueron considerados así de una forma más amplia. Surgido de la misma contracultura de los sesenta que engendró a Robert Crumb, el feminismo lanzó contra este artista sus más feroces críticas. Las feministas adoptaron la postura de que la pornografía era algo explotador y degradante hacia la mujer, sin duda un argumento con el que era fácil estar de acuerdo por culpa de gran parte del material disponible en aquella época. Si se hubiese mantenido como argumento propuesto para debatir de forma continuada, no habría polarizado a la comunidad progresista de la forma en que lo hizo. En lugar de poner en marcha las ideas como planteamiento, el feminismo de la época las presentó como veredictos de superioridad moral. Y en vez de considerar de forma más adecuada las cuestiones planteadas por el feminismo, los hombres progresistas se sintieron las víctimas de un ataque no provocado contra su sexualidad y respondieron cabreados. Las manifestaciones feministas contra la pornografía parecían incómodas compañeras de cama de lo que proponían los defensores de la derecha cristiana, y también recibieron una cantidad equivalente de ira desde la izquierda, algunas veces justificadamente y otras de forma injusta.

Por un lado es importante distinguir entre las objeciones de las salmodias feministas y las pancartas ondeadas por los cristianos, aunque formen parte del mismo piquete contra el emporio del alquiler de vídeo para adultos. Los argumentos feministas, incluso aquellos con los que no se esté de acuerdo, al menos se basaban en principios lógicos y por lo tanto pueden ser debatidos, porque se apoyan en premisas que pueden ser falsables, y que pueden ponerse a prueba y ser desmentidas. Los argumentos religiosos contra la pornografía, de forma alterna, o bien se basan en la idea de una desaprobación del superyó, o se basan en la prueba de algo cuya existencia nos ha eludido hasta ahora. Eso no quiere decir que Dios no exista, ni que las personas religiosas no tengan derecho a proponer su punto de vista, pero lo que intento simplemente señalar es que unas ideas predicadas en nombre de una deidad específica no son ideas racionales, y por lo tanto no tienen cabida en una discusión racional. Lo siento, yo no hago las reglas. Tan solo son así y tendríamos que cambiar por completo el significado del idioma inglés para poder expresar lo contrario.

Sin embargo, a pesar de la base racional de la agenda feminista, comprensiblemente se presentó de una forma confrontacional, y los tremendos sentimientos mostrados en ambos polos significaban que en realidad el debate razonado nunca se llevaría a cabo. La izquierda ya fragmentada se dividió en posiciones de género, con los dos bandos atrincherados en sus propias y férreas posturas: los hombres insistían en que el tema formaba parte absoluta de las libertades civiles, las mujeres insistían en que el asunto trataba sobre política sexual. Ambos bandos tenían razón, por supuesto, pero para entonces ya no se hablaban entre sí, por lo que el debate se quedó embarrancado en un punto muerto.

Los posicionamientos respecto a la pornografía no solo produjeron un cisma entre las filas progresistas, sino que además partieron por la mitad el feminismo. Muchas mujeres (y algunos hombres que aún pensaban que las mujeres tenían un buen trecho por recorrer antes de alcanzar la igualdad social) mostraban reticencias al describirse a sí mismas como feministas por las connotaciones censoras y poco progresistas que el término había adquirido. Rechazando el dogma feminista contra la pornografía, algunas mujeres hicieron un esfuerzo por recuperar el género en publicaciones a favor de la sexualidad como *On Our Backs*, título usurpado traviesamente de la revista feminista de línea dura *Off Our Backs*. Por todas partes surgieron los primeros movimientos de la antigua red que más tarde se autodenominaría Feministas Contra la Censura.

Aunque con el tiempo serían dichas voces femeninas disidentes las que sugerirían una posible solución al improductivo enfrentamiento entablado en torno a la pornografía, a mediados de los noventa la llegada de internet significó, una vez más, que cualquier debate ético sobre el tema sería desechado, superado por los acontecimientos y por la devastadora transformación social llevada a cabo por la tecnología. Así como el disfrute privado del vídeo porno casero gozó de seguimiento por parte de un gran segmento de la población, la llegada de internet lo llevó un paso más allá. Si se considera que ir a alquilar un vídeo o un DVD aún podía implicar el riesgo de que un conocido te descubriese escabulléndote furtivamente en el videoclub, o de que un cónyuge que desaprobara tus aficiones se encontrase con tu alijo pornográfico, aparentemente internet eliminó ese obstáculo final. Se hizo evidente que una gran parte de la gente no estaba asustada de la pornografía, sino del miedo a ser descubiertos.

En la década de los setenta, Inglaterra fue sacudida por huelgas que culminaron en una semana con tan solo tres días laborables en los que se cerraron tiendas y negocios por los cortes del suministro eléctrico. Si bien los apagones sucedieron de forma inesperada, las tiendas y supermercados se encontraron a continuación con repentinos arrebatos de oportunistas delitos de poca monta. Incluso en cadenas de lujo al por menor como Marks & Spencer, los gerentes descubrieron que la mayoría de sus remilgados clientes de clase media tampoco se resistían a deslizar algún artículo caro en el interior de su traje de dos piezas cuando se apagaban las luces. Obviamente, se entiende que la moralidad pública debe ser acatada para mantener la reputación de cada uno, pero cuando nadie te observa, el asunto cambia por completo.

Y esto es lo que ocurrió con la llegada de internet: en el ciberespacio nadie puede oír tu clímax. Dado que, según se dice, la mayor parte de todo el tráfico de la superautopista de la información se utiliza para la visualización o la descarga de pornografía, hemos de asumir que la demanda de porno es casi universal. Si examinamos a conciencia lo obsceno, parece que ha dejado de ser una actividad aislada que se limita a satisfacer a los pervertidos sexuales, y se ha convertido en un pasatiempo más para seres humanos, simplemente algo con lo que disfrutar y abandonarse. También parece como si el porno comercial se hubiese convertido en el indiscutible fondo de escritorio de la sociedad contemporánea, tan omnipresente que ha sido aceptado como un hecho vital sin discusión.

La pornografía, o aquello a lo que recientemente nos referimos como pornografía, forma ahora una parte de la cultura dominante. Poseyendo desde sus mismos inicios de matices sexuales tan sutiles como directos, la música pop empezó a adoptar conscientemente posturas abiertamente pornográficas durante la década de los ochenta, con todo un repertorio de imágenes y referencias empleadas por artistas como Prince, Madonna, Frankie Goes to Hollywood y un largo etcétera. Mientras Chuck Berry era censurado por editar su single con letras de doble sentido sobre la «cosita» (*Ding-A-Ling*), Lou Reed se salía con la suya con Candy Darling practicando sexo oral en su *Walk on the Wild Side*, simplemente porque los censores británicos no entendían el término *giving head*[*], y las Spice Girls expresaban su necesidad de hacer un *zig-zig-ahh*[^] ante una audiencia de niñas de diez años con total impunidad.

Debidamente acondicionada como producto legal, la imaginería erótica impregna nuestra cultura de una forma que

---

* Una forma informal de decir «hacer una mamada». *(N. del traductor)*

^ Según la musicóloga Sheila Whiteley el «zig-zig-ahh» es un eufemismo para el deseo sexual femenino. *(N. de la editorial)* antes habría resultado inimaginable. Mientras que el empleo de la pornografía por parte de los individuos como placentero complemento de la masturbación sigue siendo visto como un asunto ligeramente vergonzoso, su uso en un contexto corporativo, como una forma de vendernos bienes de consumo, se recibe con una sonrisa. Los publicistas llenan nuestras pantallas televisivas y vallas publicitarias con ella, intentando asociar sus golosinas, coches o una línea de suéteres con la excitación, todo con la intención de colocar más unidades. Los empresarios de rock, pop y rap llenan con ella los vídeos y letras de sus artistas sin pedir opinión, por lo que en un clima de gran preocupación y pánico creciente provocado por el tema de la pederastia, es perfectamente válido que Britney Spears pose en un fetichista traje de colegiala con un diseño que en realidad no ha podido ser vestido por ninguna colegiala de ningún lugar durante el presente siglo. La palabra *fuck*, inflamatoria en labios de Allen Ginsberg, Lenny Bruce o Kenneth Tynan, se puede codificar graciosamente por parte de una franquicia inglesa con conexiones textiles con Francia. Sin embargo, la gran diferencia entre nuestros anuncios porno-culturales y la pornografía tradicional es que, aunque los primeros son más limitados y *softcore* que la segunda, no son un reclamo que un individuo ansioso busque a voluntad, sino que en nuestra sociedad no podemos esquivarlos, nos guste o no. Como cultura, estamos más intensamente sexualizados y estimulados que nunca, y dada la creciente tasa de delitos sexuales, parece que no lo estamos llevando demasiado bien.

¿Se debe a que la pornografía puede dañar la moralidad de sus víctimas hasta un punto donde las fantasías se convierten en violación o abuso sexual, como sugieren los moralistas cristianos o incluso algunas feministas recalcitrantes? Seguro que si consideramos durante un momento cuántas personas están expuestas a imágenes pornográficas en algún momento de sus vidas y lo pequeño que es el porcentaje de las que recurren a la violación o a otros delitos sexuales, la respuesta será negativa. Mientras que asesinos y violadores en serie como Ted Bundy clamaban la víspera de su ejecución que había sido la pornografía la que les había dado la idea de llevar a cabo todos sus crímenes y delitos menores, se pasa por alto el hecho de que por cada psicópata que hace esta afirmación hay cien mil personas normales que nunca se han visto empujadas hasta el borde de lo monstruoso por todo lo que han visto o leído. Además, yo todavía no he encontrado una obra pornográfica que sea capaz de quitar el seguro de las puertas de los coches, o te impregne de adormidera la cara con la intención de provocarte somnolencia para que seas presa fácil. Tal vez sea un nicho de mercado que aún no se ha descubierto, o tal vez esas ideas salieron de la psicopatología propia del responsable, en absoluto de la pornografía.

¿Habría que pensar entonces que no existe conexión entre la cultura occidental saturada de erotismo y la creciente ola de crímenes sexuales? Probablemente, aunque una vez más, tampoco se puede afirmar categóricamente, ya que dicha conexión no puede ser tan simple y directa como esperamos. Resulta muy instructivo considerar a los diferentes países en función de cómo es su reacción contra la pornografía, un problema que no es culpa de la misma, sino de cómo se la toma cada sociedad. En Dinamarca, España y Holanda, es posible encontrar pornografía *hardcore* en casi todos los quioscos donde compra la familia; estando tan a la vista se vuelve tan común que apenas se nota. Con la pornografía aceptada como algo normal en la vida, el sentimiento subyacente de vergüenza y culpa que nos encontramos en los Estados Unidos y en Gran Bretaña parece visiblemente ausente. También es remarcable la baja tasa de crímenes sexuales de esas culturas tolerantes con la pornografía mencionadas más arriba cuando se la compara con las del Reino Unido y Estados Unidos, casi como si dentro de esas culturas el porno fuese capaz de funcionar como una válvula de escape social que no está permitida en las sociedades norteamericana e inglesa. Dado que internet es global, no es que en estos países haya más o menos porno que en los nuestros, ni que estén menos sexualizados por la cultura *mainstream* que nosotros. ¿Podría ser, simplemente, que al igual que los adoradores de fetiches paleolíticos o que los antiguos griegos, la traten de una forma diferente y a su vez se vean afectados de una forma diferente por la misma?

Consideremos cómo se trata a la pornografía a ambos lados del Atlántico: en culturas que han sido deliberadamente sexualizadas con fines comerciales es probable encontrar a algunos de sus ciudadanos sobreestimulados, buscando desfogar y por lo general recurriendo a cualquier forma de porno que puedan encontrar fácilmente disponible. Por desgracia, en las sociedades que han seguido el ejemplo de la Iglesia primitiva, permitiendo que la gente disponga de la pornografía con el único objetivo de hacer entender que es pecaminosa, dicha dispensa irá acompañada casi de inmediato de una reacción automática de culpa, vergüenza, reparo e incluso de rechazo hacia uno mismo.

Para entender de forma sencilla cómo es posible que una situación tan conflictiva puede afectar a una persona programada de una forma simplista, imaginemos uno de los experimentos con ratas de B. F. Skinner, aunque yo me considere alguien mucho más perverso de lo normal. En nuestro nuevo experimento, se dará primero el estímulo a la rata por medio de, por ejemplo, esa canción promocional de Britney Spears vestida de colegiala que hemos mencionado antes. Una vez excitados, nuestros roedores ya estarán condicionados para responder pulsando sobre la porno-palanca con la que lograrán la necesaria recompensa de liberación sexual. Sin embargo, en cuanto adquiera el premio, nuestra rata recibirá un fuerte *electroshock* de vergüenza. La recompensa y el castigo, por lo tanto, quedarán vinculados de forma perversa. La única vía para el placer implica dolor y humillación. ¿Cómo crees que resultaría este tratamiento si se llevara a cabo millones de veces sobre toda la población de roedores? ¿Se conseguirían resultados beneficiosos o, por el contrario, dañinos para la salud mental?

En el caso de los seres humanos, con las cajas de Skinner de nuestra sexualidad construidas socialmente, no está de más sugerir que se está privando de la liberación buscada a personas concretas a las que les resulta inaceptable la vergüenza y el asco que la acompaña. Si extendemos esta casuística sobre toda una sociedad, significa que la tapa de la olla a presión sigue firmemente cerrada, mientras que su válvula de escape no está funcionando como sí lo está haciendo en Holanda, España o

Dinamarca. Por lo que nos encontramos a merced de posteriores explosiones de deseo sexual cada vez más frecuentes y desastrosas, feas erupciones que sobresalen en la vida real cuando solo deberían haber sido una fantasía inofensiva. El estatus de paria que sufre la pornografía parece empujar a algunas personas hacia un aislamiento oscuro y claustrofóbico donde sus fantasías sexuales pueden convertirse en algo lúgubre y peligroso que no beneficia a nadie, ni a ellos mismos, ni a sus víctimas, ni a la sociedad en general. Peor aún, en las culturas sexualmente restrictivas en las que la pornografía es tratada como la causante principal de los crímenes sexuales (en lugar de proporcionar una válvula de escape que posiblemente podría impedirlo), la respuesta instintiva es, con toda seguridad, otro intento más de cerrar la tapa de la olla con todas sus fuerzas.

¿Dónde nos deja esto a nosotros y en qué lugar coloca a la pornografía? Con cada nuevo avance tecnológico desde William Caxton, parece que la pornografía se ha multiplicado tanto como se ha ido degradando su calidad. La sociedad actual, por mediación de internet y otros factores, está totalmente saturada del erotismo más básico, de la sexualidad de la clase más rudimentaria: pornografía de recluso para una población de reclusos que nos arrastramos por el comedor de la cárcel, sin otra opción que no sea la de tragar la bazofia que nos echan. El porno está por todas partes, como lo estuvo en la antigua Grecia, pero en ningún sitio es arte. Y tampoco en ningún sitio es una reafirmación de lo que tiene en común la humanidad, como sí lo fue en la cultura clásica, sino que tan solo refuerza nuestra alienación y la distancia que nos separa a unos de otros, y a pesar de su disponibilidad masiva no parece que nos haga más felices.

En lugar de funcionar como una liberación para nuestras ideas imaginativas más comunes, el porno funciona como otro amarre social más, como una correa de control, señuelo y látigo combinados todo en uno, una picana para ganado parecida a una zanahoria. Colgando tentadoramente delante de nosotros, nos encamina en una dirección, sin importar hacia dónde estamos mirando. Luego, en el momento culpable posterior, se convertirá cómodamente en una vara de la vergüenza con la que poder fustigarnos.

Tal y como marchan las cosas en la actual «época georgiana» de Estados Unidos, esto es especialmente cierto, y a pesar de la excesiva influencia que la Inglaterra victoriana tuvo sobre el mundo en el siglo XIX, en el país de las barras y estrellas las actuales repercusiones de una presidencia basada en la fe se hacen sentir en todo el globo. Su política exterior tiene consecuencia directa en las ciencias y en las artes, y en nuestra forma de pensar sobre nuestra sexualidad y los derechos relacionados con la misma.

Si nos sumergimos en el ciberporno y en los anuncios porno, el intenso calor sexual está barboteando más que nunca dentro de la sociedad, la aguja de la caldera alarmantemente en rojo, pero en este momento de la historia estamos gobernados por una mentalidad programada para responder tomando medidas drásticas contra la válvula de escape de la pornografía. Erradicar la pornografía parece ser la idea a seguir ciegamente, y también tendremos que acabar de alguna forma con todos esos impulsos que nos animaron a esculpir la *Venus del cenagal* por primera vez.

Es evidente que la erradicación de la pornografía no va a suceder jamás. El porno lleva con nosotros desde nuestro pasado paleolítico, y con toda probabilidad seguirá a nuestro lado hasta que nuestra especie tenga éxito extinguiéndose del planeta. Así que ese «no al porno» no es una opción realista. Creo que lo más genuino que podemos hacer es elegir entre la buena y la mala pornografía. Obviamente, esto nos plantea una serie de preguntas, la primera radica en cómo diferenciar entre ambas. Solo con la intención de argumentarlo al estilo del buen juez Clayton Horn, permíteme definir el «porno bueno» como algo notoriamente beneficioso para la sociedad, y el «porno malo» como su opuesto, lo que perjudica de forma notable a nuestra sociedad. Por supuesto, todo esto nos plantea una cuestión mucho mayor, es decir, ¿significa que existe el «buen porno»? Si no es así, ¿podríamos concebir que podría llegar a existir en algún momento del futuro, y en ese caso, cómo podría ser?

Para responder a esta pregunta, lo mejor que podemos hacer es referirnos de nuevo a las pocas voces femeninas disidentes que se lo han planteado alguna vez, así que volvamos a la época en la que el debate feminista sobre la pornografía se encontraba en su momento más álgido y quizás más inteligente. Tomando como inspiración el influyente ensayo de Simone de Beauvoir *¿Hay que quemar a Sade?*, en la maravillosa y divagante reflexión sobre el porno de Angela Carter, *La mujer sadiana*, es donde finalmente se sugiere que podría existir algún tipo de pornografía sin descubrir, de tintes gloriosos y liberadores, no comprometida por desigualdades sexuales y sin una sexualidad obstinada en rememorar el pasado. Incluso la censora del porno más intransigente y vociferante, Andrea Dworkin, ha reconocido que se podría concebir una pornografía benigna, aunque lo considera poco probable. Dado que no queremos «mala pornografía» y no podemos aceptar un «no a la pornografía», es en el sencillo deseo de intentar hacer realidad una «buena pornografía» donde reside el único rayo de luz que podemos encontrar en este escabroso debate.

Sin embargo, la pregunta sigue siendo: ¿cómo puede exactamente la pornografía influenciar de forma beneficiosa a la sociedad? Y si no podemos imaginarnos dicha situación, ¿cómo la reconoceríamos si llegase a aparecer alguna vez? Incluso si aceptásemos, al igual que Andrea Dworkin, Angela Carter, Kathy Acker y Simone de Beauvoir, que nuestra hipotética «buena pornografía» fuese posible, la verdad es que la premisa no nos ayuda demasiado a menos que tengamos una idea clara de cómo podría resultar buena y beneficiosa, cómo podría una pornografía adecuada funcionar dentro de nuestra cultura.

Ya hemos observado que hasta cierto punto, en lugares como Dinamarca, Holanda o España el porno parece actuar como una válvula de escape, ventilando las presiones sexuales sin causar daño antes de que estas puedan explotar en forma de delito o abuso sexual. También hemos señalado que no parece funcionar en las culturas más restrictivas que señalan que la culpable de la vergüenza y la autoinculpación es la propia pornografía. ¿Y si fuese posible conseguir llevar nuestra pornografía hasta un grado tan alto de maestría artística que cortase ese vínculo directo entre erotismo y extrema vergüenza social?, ¿podría permitirse la pornografía funcionar tal y como lo hace actualmente, pero con un «clímax» más culto, reduciendo nuestro pésimo recuento actual de hombres y mujeres con cicatrices o violados, nuestros niños violados, asesinados y arrojados a un canal? ¿No valdría la pena, por lo menos, intentarlo?

Si de alguna forma se pudiera expresar la pornografía de forma artística, podría sacar nuestra imaginación sexual de su estado de estupor, conduciéndola hasta el reconfortante calor de la aceptación social y política. El valor del arte reside en que nos permite ver en el trabajo de otros una idea que nos habíamos formado tenuemente, aunque carezcamos de la habilidad para realizarla o poder transmitirla nosotros mismos, por lo que nos hace sentir menos solos. Sin embargo, actualmente concebimos la pornografía como todo lo contrario. No es arte, no puede ser abiertamente discutida o admirada, solo sirve para convencernos de nuestro aislamiento, para aumentar nuestra sensación de que estamos solos con nuestros deseos más secretos e íntimos, a salvo de la compañía de otros sudorosos onanistas pervertidos e inadaptados sociales.

Si pudiéramos redefinir el erotismo, restaurarlo hasta volverlo a situar en la venerada posición en el plano artístico en el que solía estar incluido, se podría desactivar una serie de tensiones personales y sociales relacionadas con el sexo que en su mayor parte nos acompañan desde el origen de la civilización occidental. Llevándola a cabo de la forma adecuada, la pornografía nos podría ofrecer un espacio seguro donde debatir libremente ideas que de otra forma nunca saldrían a la luz y que tan solo se quedarían trasnochadas y se volverían rancias al quedarse agazapadas en nuestra oscuridad individual. Nuestra imaginación sexual es y siempre ha sido central en nuestras vidas, tanto como individuos o como especie, y nuestra cultura podría enriquecerse mucho más, o al menos relajarse, si pudiésemos reconocerlo. En caso contrario, podría no volver a existir ninguna pornografía divina de algún futuro William Blake incinerada después de su fallecimiento, ninguna de un futuro Aubrey Beardsley en su lecho de muerte, tosiendo aterrado por culpa de la destrucción de sus mejores obras. Ni ningún decadentista ornamentado o un barbudo *beat* obligado o bien a esconderse detrás de un seudónimo o a engrosar la prolífica obra de un tal «anónimo».

Ennoblecida así, la pornografía podría ocupar una vez más su lugar como reverenciado y casi sagrado tótem de la sociedad, podría completar el círculo con origen en la neumática nena de cabeza de alfiler de Willendorf. Parece que, si consideramos nuestros propios sueños eróticos, solo tenemos dos opciones: o bien podemos aceptarlos, emplazando a la *Venus del cenagal* en el lugar correcto y natural dentro de la cultura, o bien podemos rechazarlos e intentar estigmatizarlos, escondiendo la excitación detrás de la vergüenza, la culpa y el dolor, condicionándola de forma que retenga nuestra sexualidad con un puntiagudo anillo para el pene alemán del siglo XIX.

Al final todo quedará en manos de personalidades individuales, artistas, escritores, cineastas o poetas. Pero únicamente si tienen el coraje de plantar sus banderas en este terreno despreciado y peligroso, a pesar de su carácter poco atractivo, para con el paso del tiempo conseguir transformar ese triste yermo en un jardín perfumado de valor perdurable. Se podría encumbrar al erotismo desde su situación actual como puta de todo el mundo encadenada en su celda, sin nombrarla pero disponible en todo momento, y hacerla regresar a su posición anterior como diosa.

Podríamos encontrar que ha cambiado un poco desde sus orígenes como gruesa piedra caliza; puede que se nos manifieste como algo más parecido a los trazos definidos en el *Pornocrates* del magnífico Félicien Rops. Este espléndido trabajo iniciado por Rops a finales de 1870 representa el espíritu mismo de la pornografía, una hermosa mujer dibujada de perfil, caminando grácilmente de derecha a izquierda del cuadro, vestida tan solo con botas, guantes, medias, joyas y una cinta ondeando al viento, coronada por un sombrero de Gainsborough. Su pelo se adorna de flores azules, y una pálida venda de un color semejante cubre sus ojos. Sujeto como un caniche acicalado con una correa decorada con cintas, un delgado y joven cerdo parece conducir a la belleza cegada como si fuese su perro lazarillo. Con un ritmo pausado y digno, la mujer recorre con su ceguera señorial lo que tan solo podría ser el borde decorativo inferior de la imagen o lo que parece ser el artesonado decorado de una pared o repisa, en cuya parte superior el elegante espíritu hecho cuerpo de la pornografía victoriana es guiada por un cerdo resoplante; un cerdo marchando delante de *La Perla*[*].

[*] Juego de palabras intraducible: en el original «*a swine before The Pearl*» es parecido a *Pearls Before Swine* – Mateo 7:6, traducido en español como «no se hizo la miel para la boca del asno». *(N. del traductor)*

Un friso en relieve discurre a lo largo de la pared o límite del borde inferior, mostrando las efigies de las Bellas Artes, sentadas con sus pergaminos, laúdes o caballetes y, sin embargo, ladeando la cabeza hacia otro lado, apartando la mirada de forma avergonzada mientras la diosa de la pornografía desfila por encima de ellas con descaro. Del mismo modo, hay tres querubines angustiados flotando en el aire frente a ella mientras esta camina, mesándose los cabellos según reprenden su lasciva exhibición. Bajo sus ojos vendados, ignorante de su apariencia y acertadamente indiferente a la controversia que está causando, totalmente despreocupada del precipicio por el que camina, la voluptuosa esencia de la pornografía es la imagen misma de la calma y la serenidad. Ella confía su estabilidad a un animal categorizado generalmente como el epítome de la suciedad y el instinto brutal, a pesar de su limpieza ampliamente conocida y de su aguda inteligencia. La diosa camina a lo largo de la pared orgullosamente, sin pensar en el precipicio que se abre a ambos lados, segura en su convencimiento de continuar detrás de su noble y sin embargo despreciado animal que la impulsa guiándola de forma infalible hacia el regio destino que le corresponde.

Descarada y ciega a todas las posturas y opiniones ocasionadas por su presencia, Venus se pasea a lo largo de la cuerda floja de la moralidad, siguiendo a un cerdo, deambulando lentamente con su glamurosa presencia segura y firme hacia la brillantez anhelada de un futuro más humano e instruido.

Este libro terminó de imprimirse
el día 5 de septiembre de 2023,
mientras Alan pensaba
en sus cosas...